Ídolo en llamas

GRANTRAVESÍA

Rin Usami

Ídolo en llamas

推し、燃ゆ

Traducción de José Manuel Moreno Cidoncha

GRANTRAVESÍA

ÍDOLO EN LLAMAS

Título original: *Oshi, Moyu* (推し、燃ゆ)

© 2020, Rin Usami

Publicado originalmente en japonés por Kawade Shobo Shinsha Ltd. Publishers, Tokio.

Esta edición es publicada según acuerdo con Kawade Shobo Shinsha Ltd. Publishers, a través de The English Agency (Japan Ltd. y New River Literary Ltd).

Traducción: José Manuel Moreno Cidoncha

Ilustración de portada: © daisukerichard
Ilustraciones de interiores: © Leslie Hung

D.R. © 2023, Editorial Océano de México, S.A. de C.V.
Guillermo Barroso 17-5, Col. Industrial Las Armas
Tlalnepantla de Baz, 54080, Estado de México
www.oceano.mx
www.grantravesia.com

Primera edición: 2023

ISBN: 978-607-557-737-1

IMPRESO EN MÉXICO / PRINTED IN MEXICO

Mi *oshi*[1] estaba en llamas. Se decía que había agredido a una fan. Aún no se habían proporcionado los detalles, pero a pesar de no estar demostrada, la historia había estallado de la noche a la mañana. Yo había dormido mal. Tal vez fuera mi instinto que me avisaba de que algo iba mal. Me desperté, comprobé la hora en mi teléfono y noté la conmoción en mis mensajes de texto. Mis aturdidos ojos se encendieron con la línea:

---

[1] *Oshi* (推し) es la palabra en japonés que emplea la autora y que nosotros mantendremos en el texto. Tiene un doble significado, ya que se utiliza para designar, tanto a una celebridad que se idolatra, como a aquellos que son sus seguidores.

«Dicen que Masaki ha agredido a una fan», y por una fracción de segundo no supe qué era real. La parte posterior de mis muslos estaba pegajosa por el sudor. Una vez que revisé las páginas web de noticias, no pude hacer nada más que quedarme paralizada en la cama, de la cual se había desprendido la manta durante la noche, y observar las consecuencias a medida que proliferaban los rumores y los mensajes hostiles. Lo único en lo que podía pensar era en cómo estaría mi oshi.

< ¿todo bien? >

La notificación de texto apareció en mi pantalla de bloqueo, cubriendo los ojos de mi oshi como si fuera un criminal. Era de Narumi. Lo primero que salió de su boca a la mañana siguiente cuando entró corriendo en el tren fueron esas mismas palabras.

—¿Va todo bien?

Narumi se expresaba igual en persona que cuando lo hacía a través de internet. Observé su rostro: los ojos bien abiertos y las cejas arqueadas y desbordantes de tragedia, y pensé: *hay un emoji así.*

—Esto no tiene buena pinta —le respondí.

—¿No?

—No.

Los dos botones superiores de la blusa de su uniforme estaban abiertos y se sentó a mi lado desprendiendo una bocanada de desodorante con un intenso aroma a cítricos. Las redes sociales —que había abierto casi por reflejo después de teclear en la pantalla de bloqueo los números 0815, la fecha de cumpleaños de mi oshi, fantasmagóricos bajo el intenso resplandor—, estaban presas del aliento exaltado de la gente.

—¿Es tan grave?

Narumi se inclinó y sacó su teléfono. Había una Polaroid de color oscuro intercalada dentro de la funda de silicón transparente.

—¡Tienes una Instax!

—¿No es genial? —dijo Narumi, con una sonrisa tan natural como si fuera un *sticker* de LINE. Todo lo que Narumi decía era claro y sus expresiones faciales se transformaban como si estuviera cambiando sus fotos de perfil. Yo no pensaba que fuera falsa o poco sincera, ella sólo intentaba simplificarse todo lo posible.

—¿Cuántas conseguiste?

—¡Diez!

—¡Vaya! Espera, ¿pero cuestan sólo diez mil?

—Tiene sentido cuando lo piensas de esa manera, ¿verdad?

—Merece la pena totalmente. Es una ganga.

El grupo de ídolos independiente al que seguía, permitía a sus seguidores tomarse Polaroids con su miembro favorito del grupo después de los conciertos. Las fotos de Narumi la mostraban con el cabello cuidadosamente trenzado y el brazo de su oshi alrededor de ella, o a ambos, mejilla con mejilla. Hasta el año pasado, había sido fan de un grupo perteneciente a un sello discográfico importante, pero ahora tiene la idea de que hay que dejar a los ídolos de grupos masivos en sus pedestales y conocer más de cerca a los alternativos. «Pásate al lado oscuro», decía. «Es mucho mejor. Recuerdan quién eres y puedes conseguir hablar en privado o incluso salir con ellos».

La idea de tener contacto directo con mi oshi no me interesaba. Yo iba a los conciertos, pero únicamente para formar parte de la multitud. Quería estar inmersa dentro DE LOS APLAUSOS, DENTRO DE LOS GRITOS, Y LUEGO PUBLICAR ANÓNIMAMENTE MIS AGRADECIMIENTOS EN INTERNET.

—Entonces, cuando nos abrazamos, me puso el cabello detrás de la oreja y yo pensé, mierda, ¿tengo algo pegado en el pelo? —Narumi bajó la voz—. Y luego él dijo: «Hueles bien».

—No. Te. Creo —enfaticé la pausa entre las palabras.

A lo cual Narumi respondió:

—Increíble, ¿verdad? Bueno, simplemente ya no hay marcha atrás —e introdujo la Instax de nuevo en la funda de su teléfono. El año pasado, su anterior oshi había anunciado que se retiraba del mundo del espectáculo para ir a estudiar al extranjero. Ella estuvo tres días sin asistir a la escuela.

—Así es —dije en respuesta.

La sombra de un poste de luz se posó fugazmente en nuestros rostros. Como para sugerir que se había sobreexcitado, Narumi enderezó las rodillas y, con mucha más calma, examinó sus sonrosadas rótulas:

—De todos modos, Akari, lo estás haciendo bien. Es bueno que todavía estés aquí.

—¿En el tren para ir a la escuela, quieres decir?

—Sí.

—Por un segundo pensé que te referías a estar… entre los vivos.

Narumi se rio desde algún lugar profundo del interior de su pecho:

—Eso también.

—Todo lo concerniente a mi oshi es una cuestión de vida o muerte.

Las conversaciones entre fans podían llegar a avivarse demasiado.

< Gracias por haber nacido. >

< No he conseguido entradas, mi vida se ha acabado. >

< ¡¡Me ha mirado!! ES MI FUTURO MARIDO <3 >

Narumi y yo no éramos la excepción, pero no me parecía bien hablar de matrimonio y estas cosas sólo cuando todo iba bien, así que escribí:

< Apoyamos a nuestro oshi en la salud y en la enfermedad. >

El tren se detuvo y el sonido del canto de las cigarras se intensificó. Le di a «publicar». Un *like* me respondió al instante.

Por error traje mi mochila sin sacar lo que llevaba cuando fui a ver a mi oshi en directo hace unos días. Las únicas cosas que podía utilizar para la escuela de lo que tenía en su interior eran las hojas sueltas de papel y los bolígrafos que usaba para anotar mis impresiones del espectáculo, así que tuve que sentarme con una compañera en la clase de literatura clásica, pedir prestado un libro para la de matemáticas, y quedarme apartada en la piscina durante la clase de educación física porque no llevaba mi traje de baño.

Nunca antes me había dado cuenta cuando estaba en la piscina, pero el agua que se desbordaba sobre las baldosas parecía resbaladiza, como si algo se hubiera disuelto en ella, pero no se trataba de sudor ni protector solar, sino de algo más abstracto, como la carne. El agua lamía los pies de los estudiantes que estaban sentados fuera de la clase. La otra alumna era una chica del aula contigua a la mía. Estaba de pie en el borde de la piscina repartiendo tablas de nado, vestida con una fina sudadera blanca con capucha y manga larga sobre su uniforme de verano. Sus piernas desnudas despedían destellos cegadores de blanco cada vez que las salpicaban chorros de agua.

La multitud de trajes de baño oscuros también parecía resbaladiza. Las chicas se subían por la barandilla plateada o sobre la plataforma amarilla granulada, lo cual me hacía pensar en focas, delfines y orcas que se arrastran al escenario en el espectáculo de un acuario. Caían riachuelos de las mejillas y la parte superior de los brazos de la hilera de chicas que daban las gracias mientras descargaban mi pila de tablas de nado, dejando manchas oscuras en la gomaespuma seca de color pastel. Los cuerpos eran tan pesados. Las piernas que salpicaban el agua eran pesadas y los úteros que mudaban su revestimiento cada mes eran pesados. Kyoko, que era con mucha diferencia la más joven de las profesoras, demostró cómo «impulsarse desde los muslos», usando sus brazos como piernas y frotándolos juntos:

—Veo que algunas de ustedes agitan simplemente los pies. Así, todo lo que están haciendo es desperdiciar su energía.

También teníamos a Kyoko de profesora para la clase de salud. Empleaba palabras como «óvulo» y «tejido eréctil» sin perder la compostura, por lo que la conversación nunca se tornaba incómoda, no obstante, yo sentía que mi papel involuntario como mamífero me consternaba.

De la misma manera que una noche de sueño provoca arrugas en las sábanas de la cama, el simple hecho de estar vivo nos pasa factura. Para hablar con alguien tienes que mover la carne de tu rostro. Te bañas para desprenderte de la suciedad que se acumula en tu piel y te cortas las uñas porque no dejan de crecer. Me extenuaba al intentar lograr lo mínimo, pero nunca había sido suficiente. Mi voluntad y mi cuerpo siempre desertaban antes de que yo lo consiguiera.

La enfermera de la escuela me recomendó que fuera a ver a un especialista y me dieron un par de diagnósticos. La medicación me hacía sentir mal, y después de varias veces en las que no me presenté a las citas, incluso el mero hecho de acudir a la clínica comenzó a convertirse en una lucha. El nombre que le pusieron a la pesadez de mi cuerpo me hizo sentir mejor al principio, pero también me sentí apoyada en ella, dependiente de ella. Sólo cuando perseguía a mi oshi, era capaz de escapar de la pesadez durante un momento.

Mi primer recuerdo es mirar directamente hacia arriba, a una figura de color verde. Era mi oshi, cuando él tenía doce años de edad, que interpretaba el papel de Peter Pan. Yo tenía cuatro años. Se podría decir que mi vida comenzó en ese momento, cuando vi a mi oshi pasar volando sobre mi cabeza, suspendido por cables.

Dicho esto, no fue hasta mucho después que se convirtió en mi oshi. Acababa de comenzar la escuela secundaria y me había quedado en casa después de un ensayo para la jornada deportiva de primavera. Mis manos y pies sobresalían por debajo de una manta de felpa. Mi cansancio hosco y acartonado se había enganchado a las uñas demasiado grandes de mis pies. Desde afuera, los lánguidos sonidos del entrenamiento de béisbol llegaban a mis oídos. Mi conciencia se elevaba un centímetro en el aire con cada nuevo impacto.

La ropa de educación física que había lavado hacía dos días para tenerla lista para el ensayo no la encontraba por ninguna parte. A las seis de la mañana, a medio vestir con mi blusa de la escuela, escudriñé mi habitación de arriba abajo, luego me rendí y me volví a dormir.

Lo siguiente que supe fue que era mediodía. La realidad no había cambiado. Mi caótica habitación era como el fregadero para lavar los platos del restaurante en el que trabajaba: imposible de manejar.

Busqué debajo de mi cama y encontré una polvorienta caja de DVD de color verde. Era la adaptación de *Peter Pan* a la que me habían llevado a ver cuando era niña. Introduje el disco en el reproductor y la pantalla del menú se iluminó a todo color. Probablemente el disco estaba un poco rayado, ya que de vez en cuando una línea aparecía a través de la imagen.

Lo primero que me hace sentir es sufrimiento. Una sensación momentánea y punzante, y luego un dolor como si me hubieran empujado: el impacto del empujón. Un niño pone sus manos en el alféizar de una ventana y se cuela por la ventana. Cuando deja que sus pies suspendidos se deslicen dentro de la habitación, las puntas de sus botines se clavan en mi corazón y patean descuidadamente hacia arriba. *Conozco este dolor*, eso creo. A mi edad, en mi primer año de secundaria, el dolor debería ser algo enterrado hace mucho, algo convertido en parte de mi carne a lo largo de los años que sólo hormigueara de vez en cuando como un recordatorio. Pero aquí está, exactamente igual que cuando tenía cuatro años de edad y un pequeño tropiezo me hacía llorar inmediatamente. El sentimiento regresa a mi cuerpo como si irradiara desde ese único punto de dolor, y el color y la luz se vierten en la imagen tosca, dando vida al mundo. La pequeña silueta verde corre con ligereza hacia la cama donde reposa la niña y le da un golpecito en el hombro. La sacude. *Oye*, dice la clara e inocente voz. Es Peter Pan. *Sé, sin lugar a dudas, que éste es el chico que voló sobre mi cabeza ese día.*

Había un brillo obstinado en los ojos de Peter Pan, y pronunciaba todas sus líneas a la carrera, como si intentara convencerte de algo. Entonaba cada frase de la misma manera. Su voz no tenía variaciones, sus gestos eran exagerados, pero verlo esforzándose tanto para respirar y hablar me hacía inhalar con él y exhalar con fuerza. Intentaba convertirme en él. Cuando él corría alrededor del escenario, mis perezosos muslos pálidos se contrajeron desde adentro. Lo vi llorar después de que el perro le mordiera su sombra y quise rodearlo entre mis brazos, junto con la propia tristeza que se había transmitido de él hacia mí. Mi corazón, que había comenzado a recuperar su ternura, manaba un fuerte flujo de sangre que latía y transportaba calor a través de mí. Este calor, imposible de disipar, se acumuló en mis puños y mis muslos plegados. Lo vi balancear imprudentemente su escuálida espada hasta que quedó arrinconado, y cada vez que el arma de su oponente rozaba su flanco, sentía una hoja fría contra mis entrañas. En la popa del barco, empujó al capitán Garfio al mar y miró hacia arriba, y ante la frialdad poco infantil de su mirada, un escalofrío me recorrió la columna vertebral. Me escuché gemir. Internamente, lo puse en palabras: *Mierda. Es frío como el hielo. Ese niño podría cortar la mano izquierda del capitán y dársela de comer a los caimanes sin pestañear.* Sabiendo que no había nadie en casa, intenté pronunciarlo en voz alta. «Mierda. Es frío como el hielo». Luego me dejé llevar y dije: «Quiero ir al país de Nunca Jamás», y casi me convencí de quererlo de verdad.

En la obra, Peter Pan seguía diciendo: «No quiero crecer». Lo dijo cuando partió en su aventura, y cuando regresó y trajo a Wendy y al resto a casa. Esa línea llegó a lo más profundo de mi interior y me abrió en dos. Volvió a configurar una secuencia de palabras que había repasado con mis oídos durante muchos años sin pensar realmente en ello. *No quiero crecer. Vamos al País de Nunca Jamás.* El calor se concentró en la punta de mi nariz. *Estas palabras son para mí,* pensé. Mi garganta resonó empáticamente, emitiendo un leve sonido. El calor se acumulaba en los conductos lagrimales de mis ojos. Las palabras que el chico espetaba a través de sus labios rojos intentaban extraer las mismas palabras de mi garganta. Pero en lugar de palabras, se derramaron lágrimas. Sentí que alguien me consolaba con la sensación de que estaba bien sentirse agobiado ante la idea de crecer, de cargar con ese peso. Las sombras de otros que llevaban esa misma carga parecían elevarse a través de su pequeño cuerpo. Estaba conectada a él y, a través de él, también estaba conectada con todos los que se hallaban al otro lado.

Peter Pan dio una patada en el escenario y un brillo dorado salió despedido de sus manos a medida que ascendía en el aire. Recuperé la sensación de mi yo de cuatro años saltando del suelo después de ver esta obra.

Me encuentro en el garaje de la casa de mis abuelos y el aire tórrido está impregnado del distintivo aroma de la planta camaleón que crece de forma exuberante en verano en esta zona. Me rocío con el «polvo de hadas» que pedí en la tienda de regalos y salto en el aire tres veces, cuatro. Cada vez que aterrizo en el suelo, el aire sale expulsado de las suelas de los zapatos que me obligaban a ponerme cuando era niña y emiten un fuerte chirrido.

Nunca creí que pudiera volar, pero una parte de mí esperaba que las pausas entre los sonidos se hicieran cada vez más largas, hasta que finalmente no se oyera nada. Mientras estaba en el aire, mi cuerpo quedaba en un estado de ingravidez, y esa misma ligereza todavía se encontraba en algún lugar dentro de mi cuerpo de dieciséis años, que estaba sentado frente a la televisión sin nada más que mi ropa interior y mi blusa de la escuela.

En la caja de DVD que busco está escrito «MASAKI UENO» en una fuente redondeada. Cuando encuentro su nombre, aparece con un rostro que he visto varias veces en la televisión. *Así que ése es él.* Una brisa sopla a través de las hojas nuevas y da cuerda al mecanismo de mi reloj interno, que últimamente ha estado desfasado. Me pongo en movimiento. Sigo sin encontrar por ninguna parte mi ropa de educación física, pero hay una columna inviolable que se eleva a través de mi torso, y pienso para mí misma: soy capaz de hacer esto.

Internet me informa que Masaki Ueno es actualmente miembro del grupo de ídolos Maza Maza. Fotos recientes muestran que el niño de doce años ha perdido sus mejillas regordetas y se ha convertido en un joven con aire de seguridad en sí mismo. Vi grabaciones de sus programas, sus películas, sus series de televisión. Ahora su voz y su cuerpo eran diferentes, por supuesto, pero la mirada sagaz que revelaba en momentos extraños, como si observara desde lo más profundo de sus ojos, no había cambiado. Cuando mis ojos se encontraban con los suyos, me recordaban cómo mirar realmente. Sentí un enorme arrebato de pura energía, ni positiva ni negativa, que crecía desde lo más profundo de mi interior, y de repente recordé la sensación de estar viva.

★

Mi oshi reveló un atisbo de algo similar en la grabación publicada a la una de la tarde de hoy. Las estudiantes regresaban de natación con las toallas mojadas colgadas de sus hombros, exudando cloro. El sonido de las patas de las sillas rechinando contra el suelo y sus pasos veloces por el pasillo marcaban el comienzo de la hora del almuerzo y resonaban en el aula vacía. Me senté en un escritorio de la segunda fila y me coloqué los audífonos. Mis entrañas se tensaron ante el imperfecto silencio.

El vídeo comenzaba con mi oshi saliendo de la puerta principal del edificio de su agencia de representación. Expuesto por el destello de las luces de las cámaras, parecía exhausto.

—¿Puedo hacerle una pregunta? —dice alguien, y le extiende un micrófono.

—Hum.

—¿Es cierto que agredió a una de sus fans?

—Hum.

—¿Cómo ocurrió?

Aquí, su tono que hasta ese momento había sido tan inalterable que apenas se podía saber si estaba respondiendo o simplemente asintiendo, vaciló un poco.

—Es un asunto privado que debe ser resuelto entre las partes involucradas. Me disculpo por cualquier problema que haya causado.

—¿Qué tal si se disculpa con ella?

—Ya lo he hecho.

—¿Dejará de ejercer su actividad?

—Por ahora, no lo sé. Lo estoy discutiendo con mi agente y el resto del grupo.

Mientras intentaba subirse al coche, un reportero le preguntó enojado:

—¿Está arrepentido realmente?

Cuando mi oshi giró la cabeza, creí ver, durante una fracción de segundo, una emoción intensa en sus ojos. Pero inmediatamente respondió:

—Algo así.

El coche se alejó, dejando tras de sí una imagen del equipo y las personas reflejadas a su lado.

< ¿Quién demonios se cree que es? >

< ¡Aprende la lección y vuelve pronto! ¡Te esperamos, Masaki! >

< Esa sensación cuando no aceptas tus fallos... >

< ¿Por qué no explica simplemente lo que suce-
dió en realidad? Sólo se está haciendo daño a sí
mismo. >
< Llevo años yendo a sus conciertos, pero ya me
harté. Si eres seguidor de una secta con el cerebro lavado que golpea a las mujeres, no estás
bien de la cabeza. >

En la sección de comentarios, que se iluminaba con
nuevas declaraciones, una estaba ganando popularidad:

< Dale LIKE ↓↓↓ si crees que tiene cara de ser res-
ponsable de violencia doméstica ↓↓↓ >

Cuando llegué al final, reproduje el video y copié
el intercambio de preguntas y respuestas en un pedazo
de papel. Mi oshi debió haber elegido sus palabras in-
tencionadamente, porque en el boletín de noticias de
su club de fans, una vez respondió a una pregunta diciendo que prefería no usar frases como «tal vez», «por
ahora» o «más o menos». Compilaba cada palabra que
mi oshi pronunciaba en radio o televisión y las archiva-
ba en una serie de carpetas, que ocupaban un pequeño
rincón de mi habitación. Compraba tres copias de cada
CD, DVD y álbum de fotos: una para prestar a otros, otra
para uso personal y otra para guardar. Grababa y volvía
a ver cada transmisión. La existencia de esta colección
tenía como objeto ayudarme a intentar entender a mi
oshi. Empecé a publicar mis ideas en un blog, y pronto

recibí numerosos comentarios y reacciones de personas que compartían mis artículos, e incluso lectores que se hacían llamar fans de mi blog y se suscribían a las actualizaciones.

Había tantos tipos de grupos de fans como propios fans. Algunas personas adoraban cada pequeña cosa que hacía su oshi, mientras que otras pensaban que el discernimiento era lo que formaba al verdadero fan. Estaban aquellos que tenían un interés romántico por su oshi, pero ningún interés en su producción artística; otros que carecían de tales sentimientos, pero que buscaban una conexión directa a través de las redes sociales; gente que disfrutaba de la música de su oshi, pero que no se preocupaba por los chismes; aquellos que encontraban satisfacción en apoyar financieramente al oshi; otros que valoraban formar parte de una comunidad de fans...

Mi perspectiva se trataba simplemente de seguir intentando entenderlo, como persona y como artista. Quería ver el mundo a través de sus ojos.

¿Cuándo comencé a pensar así? Revisé mis publicaciones pasadas y la respuesta parecía estar aproximadamente un mes después de mi primer concierto de Maza Maza el año pasado. Había escrito el diálogo de una aparición en la radio que había producido cierta demanda en su contenido, tal vez porque sólo se había transmitido a nivel regional, por lo que era la quinta o sexta publicación más leída de mi blog.

Buenos días, ¿oiste a mi oshi en la radio ayer? Fue una gran entrevista, pero ya que supe que se emitió sólo en las emisoras de aquí, en Kanagawa, anotaré algunas de las partes que me parecieron más interesantes para todos aquellos que no tuvieron la oportunidad de escucharla. Ésta es una transcripción de su respuesta a la pregunta: «¿Cuál fue su primera impresión de la industria musical?». Las preguntas las formula el locutor, Imamura, y las responde el propio Masaki.

—No muy buena...

—Ahora quiero saberlo de verdad. ¡Desahógate!

—Lo recuerdo con bastante claridad. Es mi quinto cumpleaños, y mi madre me dice, vamos a ir al estudio de grabación, saldrás en televisión. Sin ningún aviso previo. Así que me llevaron al set, y era como un sueño. Había un cielo azul con nubes y un arcoíris pastel, salvo fuera del escenario, donde los adultos estaban a las carreras y todo permanecía oscuro como boca de lobo, y mi mamá se encontraba detrás de todo ese equipo negro con un vestido con estampado pata de gallo, haciendo esto... agitando las manos sobre su pecho. Está a sólo cinco metros de distancia, pero siento como si se estuviera despidiendo de mí. En ese momento estoy a punto de estallar en lágrimas, pero entonces la mascota en forma de oso gigante viene hacia mí y hace esto, ¿sabes?

—Oh, *SHUWATCH*,[2] ¿como Ultraman? Sin gestos, estamos en la radio.

—¡Vaya! [Risas]. Así que el oso está haciendo su pose y mirándome con sus brillantes ojos negros. Y yo quiero llorar, pero no lo hago, me río. Veo mi sonrisa reflejada en los ojos del oso, y es simplemente perfecta. Así que, de ahí en adelante, el oso sigue realizando ese movimiento para hacerme reír. Y de esa forma fue como aprendí: *oh, es verdad, nadie puede saber si tu sonrisa es falsa.* Nadie sabe cómo me siento.

—¿A los cinco años?

—Sí, tengo cinco años.

—Eso es bastante cínico. [Risas].

—Quiero decir, recibo cartas, las chicas dicen, he sido fan tuyo durante muchos años, desde que yo tenía tal o cual edad, o contándomelo todo sobre ellas mismas, lo que ocurre en sus vidas. Y lo aprecio, realmente lo aprecio, pero existe un vacío ahí, ¿sabes a qué me refiero?

—¿Cómo podrían entenderlo los fans? No es que te vean todo el tiempo, Masaki.

—Pero la gente que me rodea tampoco lo entiende. No importa con quién hables. Siempre me quedo así: *Vaya, ha asentido a lo que he dicho, a pesar de que no tiene ni idea de a qué me refiero.*

---

2 Exclamación proferida por Ultraman, el superhéroe televisivo japonés, cuando salta o hace un gran esfuerzo.

—Espera, ¿estás hablando de mí?

—No es lo que quiero dec... Está bien, tal vez. Tú tienes la costumbre de decirle a la gente lo que quiere escuchar.

—No puedo creer que hayas dicho eso. Soy serio siempre al cien por cien, te lo aseguro. [Risas].

—Lo siento. [Risas]. De todos modos, tal vez ésa es la razón por la que escribo letras y esas cosas. Con la esperanza de que haya una persona por ahí que lo entienda. Que no se deje engañar. ¿Para qué si no me pondría bajo el juicio de la mirada de la gente?

Amigos, por fin *he sentido* lo que significa quedarse sin palabras con algo. Como creo que he escrito aquí antes, la primera vez que vi a mi oshi en vivo fue cuando él sólo tenía doce años, así que tal vez me interese especialmente cuando habla sobre sus días como actor infantil. Tiene la capacidad de atraer a la gente hacia él con tanta fuerza y, sin embargo, al mismo tiempo, hay algo en él que también nos aleja. Quiero ver el mundo que él ve, sentir lo que él siente: aquello en lo que insiste que «nadie entiende». Incluso si tardo años en lograrlo, incluso si nunca «lo entiendo» por completo. Tiene una forma de provocarle eso a la gente: es su superpoder.

Había pasado un año desde que lo había convertido en mi oshi. Habiendo empleado ese tiempo recopilando tanto como había podido de la gran cantidad de datos que había publicado durante los últimos veinte años, ahora podía predecir la mayoría de sus réplicas en las preguntas y respuestas de las convenciones de fans; observar una actuación desde una distancia tal que los rostros de los artistas fueran invisibles a simple vista, y, sin embargo, distinguirlo por el aura que lo rodeaba cuando subía al escenario. Y una vez, cuando su compañera de grupo, Mina, tuiteó en la cuenta de mi oshi para gastarle una broma, yo repuse:

< ¿Qué ocurre? Esto no suena como si lo hubiera dicho Masaki... >

A lo que Mina respondió diciendo:

< Me pillaste. Ja, ja, ja. Pensé que mi imitación era bastante buena. >

No era común dirigirse directamente a un fan. Si echo la mirada atrás, probablemente fue el momento en el que la gente comenzó a reconocerme como una superfan de Masaki.

De vez en cuando, mi oshi revelaba un aspecto inesperado de sí mismo y yo intentaba encontrarle sentido. *¿Había cambiado algo? ¿Él siempre había sido así?* Cuando lo resolvía, lo escribía en mi blog. Mi teoría sobre él se volvía cada vez más sólida.

Sin embargo, este incidente era diferente. Por lo que sabía de mi oshi, no era una persona pacífica. Tenía su espacio sagrado y se irritaba cuando la gente intentaba entrar en él. Pero su reacción siempre estuvo contenida en su mirada y nunca montaba ningún tipo de escena visible. Nunca se olvidaba de sí mismo —no podía, aunque lo intentara. Hablaba abiertamente acerca de mantener la distancia entre él y los demás. Así que me resultaba difícil de creer que alguna vez fuera capaz de golpear a un fan, sin importar lo mucho que lo hubieran sacado de sus casillas. Todavía no sabía qué pensar. La mayoría de los aficionados que había visto en internet parecían estar pasando por lo mismo. No estaba segura de si debía enojarme o salir en su defensa o mirar desde la distancia a las personas que se involucraban emocionalmente. No lo sabía, pero al no saberlo, sentía una vívida sensación de presión en mi plexo solar. La única seguridad que tenía era que él continuaba siendo mi oshi.

El sonido de la campana de la escuela se apoderó de mi atención y me sacudí de ella, notando la frialdad en la espalda de mi cuello y el sudor que ni siquiera había notado acumularse. La gente llegó del almuerzo y se acomodó en sus asientos, quejándose de lo calurosa que estaba el aula, pero yo sabía que tenía más calor acumulado en el interior de mi blusa que cualquiera de ellos, sin embargo, antes de que pudiera dejarlo salir, la puerta se abrió. El profesor, Tadano, repartió montones de fotocopias y dijo: «Todos estamos aportando nuestro granito de arena para la campaña "Cool Biz",[3] por supuesto», lo

---

[3] «Cool Biz» es una iniciativa del Ministerio de Medioambiente de Japón comenzada en el verano de 2005 para ayudar a reducir el consumo eléctrico del país limitando el uso del aire acondicionado.

cual explicaba que no portara su habitual chamarra color canela y su corbata de estampado chillón. El chico que estaba en el asiento frente al mío agitó una pila de hojas por encima de su cabeza, tomé una y se la devolví. La lección pasó por encima de mi cabeza. Observé la fuente manuscrita que tanto le gustaba usar a Tadano para sus impresos y pensé: *¿Y si fuera la letra de Masaki?* Como miembro del club de fans, imprimía tarjetas de Navidad y Año Nuevo con su letra, así que tal vez podía recortarlas y unirlas para formar una fuente que emulara la escritura de puño y letra de Masaki Ueno. Tal vez me ayudara con mis estudios. La idea se apoderó de mi cerebro y comencé a pensar en qué letras podrían faltar en las tarjetas y qué necesitaría exactamente para crear una fuente. La tiza de Tadano se detuvo. La punta se desmoronó y esquirlas de polvo blanco cayeron sobre la pizarra:

—Oh, por cierto, hoy es el día de entrega de sus trabajos. Ganemos tiempo y recojámoslos antes de comenzar. ¿Espero que todos los hayan traído? —era como si el canto de una cigarra se hubiera introducido en mi oído. Este ruido resonaba como si una cantidad innumerable de huevos hubiera sido depositada dentro de mi embotada cabeza y hubieran eclosionado. *Estoy segura de que lo he redactado*, protestó el yo dentro de mi cabeza. Pero no tenía sentido escribirlo si me olvidaba de traerlo después.

—Vamos, pónganse en pie y entréguenlos —ordenó Tadano, y mientras todos los demás se pusieron en pie, yo me quedé clavada en mi silla. El chico del asiento que estaba frente a mí se levantó con indiferencia, se acercó al escritorio de Tadano y dijo:

—Lo he olvidado. Lo siento.

La clase se rio. Lo seguí al frente del aula y yo también dije:

—Lo he olvidado. Lo siento.

Nadie se rio. No tenía la gracia suficiente como para ser «la tonta» o «la vaga».

Al guardar mis cosas para regresar a casa, saqué un libro de matemáticas de mi escritorio. Me estremecí. Yu me había dicho que tenía matemáticas a la quinta hora, así que se lo pedí prestado y le dije que se lo devolvería en el almuerzo. Fui a su aula, pero ella ya se había ido.

< Perdona, olvidé devolverte tu libro de texto. Sé que lo necesitabas para la quinta hora. Lo siento mucho. >

Mientras escribía estas palabras, me di cuenta de que no tenía más excusas que ofrecer. Doblé la esquina y vi a la enfermera de la escuela, quien dijo:

—Akari, no olvides entregarme el informe de tu evaluación —ella se dirigía a todos los pacientes habituales de la enfermería por su nombre de pila. Se recogió su cabello ondulado en una gruesa cola de caballo que colgaba por la espalda de su bata blanca. Era demasiado reluciente para la luz de verano e hizo parpadear mis ojos. Doblé un folio de hojas sueltas en cuatro y escribí con bolígrafo:

31

LIBRO DE TEXTO DE MATEMÁTICAS
INFORME MÉDICO
Un segundo después, agregué:
TRABAJO DE GEOGRAFÍA
y después:
PARAGUAS PLEGABLE DE NARUMI
DINERO PARA EL VIAJE DE ESTUDIO
RELOJ DE PULSERA

Estaba de pie en medio del pasillo escribiendo, sosteniendo el bolígrafo en posición vertical y presionando la punta en la hoja, cuando un espasmo parecido al sonido del papel golpeó mis párpados. La mochila que tenía bajo el brazo cayó al suelo. La luz que entraba por las ventanas del pasillo se hizo más densa y el sol comenzó a caer. La carne de mi mejilla estaba ardiendo.

Hola de nuevo. Ha pasado un tiempo desde la última vez que publiqué un artículo, con las noticias que han salido, pero estoy de regreso. Para que lo tengan en cuenta, este artículo es sólo para seguidores, así que recuerden no compartirlo en ninguna otra plataforma.

Creo que tengo razón al afirmar que el incidente ha provocado una conmoción, no sólo a nosotros como fans de Masaki, sino a todos los que siguen a Maza Maza. Nunca lo habría imaginado hasta verlo de cerca, pero realmente no hay nada que se pueda hacer cuando se desata una bola de fuego, ¿verdad? Las llamas se avivan desde todas las direcciones, y justo cuando crees que están comenzando a extinguirse, alguien arroja más leña al fuego, en forma de tuits antiguos o imágenes, y aviva el incendio en una nueva dirección. Se difundieron historias sobre una riña entre él y Akihito, quién lo iba a decir, cuando ambos se han proclamado públicamente como almas gemelas. También ha habido una acusación de que molestaba a sus compañeros de clase en una secundaria de Himeji, su ciudad natal. La secundaria de mi oshi era una escuela por correspondencia en Tokio a la que rara vez asistía en persona, así que casi hay que reconocer la gran inventiva de algunas de las personas que inician rumores como éstos.

Es probable que muchos de ustedes sepan que cierto foro ha estado refiriéndose a esta situación como un «contenedor de basura en llamas».[4] Mi oshi dijo anteriormente en una aparición televisiva que él mismo se busca en Google, porque piensa que incluso las críticas pueden ser como agua para el molino. La idea de que vea esos comentarios me parece intolerable, pero ¿qué más podemos hacer sino mantener la compostura y cuidar de él?

Sé que no es gran cosa, pero cuando asista al próximo concierto de Maza Maza, mi barra luminosa será de color azul Masaki. Y a pesar de este terrible momento, cuando llegue la próxima votación de los fans, no quiero

---

[4] Existe una expresión coloquial en inglés «*dumpster fire*» que proviene de los incendios que comienzan en grandes contenedores de basura y que se emplea para describir una situación catastróficamente nociva.

que sienta que lo hemos abandonado. Si eres seguidor de Masaki, sigamos firmes y mantengámonos todos unidos, ahora más que nunca.

Me sentía mareada. La náusea profundamente arraigada dentro de mi frente y detrás de mis globos oculares me parecía imposible de arrancar.

—Puedo abrir ¿la ventana? —pregunté, y mamá dijo:

—No lo hagas —y por primera vez me di cuenta de que la lluvia corría por la ventana.

—¿Qué estabas escribiendo? —preguntó mi hermana con languidez desde el asiento contiguo al mío, mecida por el vaivén del coche.

—Una entrada para el blog.

—¿Sobre tu oshi?

Exhalé por la nariz y asentí. Mi estómago vacío se contrajo.

—¿Puedo leerlo?

—Es de acceso restringido. Sólo para seguidores.

—¡Bah!

A veces mi hermana tenía cosas que decir sobre mi actividad fanática: «¿Por qué él?», preguntaba ella, con curiosidad. «No sabía que te gustaran los "insulsos". Akihito tiene rasgos más fuertes y Sena es mejor cantante, ¿no crees?».

Era una pregunta estúpida. ¿Cómo podría responder algo así? A mí me gustaba él, y por esa razón comencé a apreciar su forma de cantar, de bailar, de hablar, su personalidad y presencia: todo acerca de él. Era lo contrario de ese refrán que decía: «Si odias al monje, odiarás hasta su hábito». Si, por el contrario, te enamorabas del monje, incluso los flecos deshilachados de su hábito se volvían adorables. Me parecía que era algo bastante normal.

—Entonces, ¿cuándo me vas a devolver el dinero? —preguntó mi hermana, con un tono de voz como si no le importara mucho. A lo cual yo respondí:

—Oh, lo siento —con la misma energía. Se lo pedí para comprar unos artículos de colección a través de internet que debían pagarse en efectivo a la entrega.

—La próxima vez que me paguen —le prometí—. La votación de los fans es pronto, después de eso, ¿está bien?

—¡Bah! —dijo ella de nuevo—. ¿Cuánto crees que afectará a su clasificación?

—Es difícil de predecir —respondo—. Supongo que depende de la proporción de indecisos.

—¿Porque van sin rumbo fijo, quieres decir?

—Creo que muchos fans que se unieron después de *AP* se irán.

La popularidad de mi oshi se había disparado después de su papel en la película romántica *Amor puro*. Se había ganado un montón de fans, dejando atónitos a otros miembros con su interpretación seria y poco pulida de la figura del hermano pequeño de la heroína, así que parecía probable que este incidente fuera especialmente perjudicial para él.

De repente, mamá golpeó el volante, haciendo sonar el claxon: «Mira por dónde vas», dijo en voz baja, quejándose del conductor que iba en el carril contrario, y que no podía oírla.

Mi hermana tragó saliva como si ella fuera la que estuviera metida en problemas. Solía parlotear sobre nada en concreto cuando estaba en sintonía con el estado de ánimo de mamá. Siempre había sido así. Mamá se quedaba callada cuando algo la ponía nerviosa y mi hermana hablaba de más para compensarlo.

Hace mucho tiempo, cuando a papá lo enviaron al extranjero por primera vez, me enteré de que mi abuela fue la razón por la que no fuimos con él. Según ella, era una ingratitud de nuestra parte dejarla sola siendo viuda, e hizo que mamá y nosotras nos quedáramos allí. Mamá nunca tuvo buenas palabras sobre ella.

Mi hermana rebuscó en la bolsa de la tienda del hospital y abrió una botella de té. Tomó un sorbo, comprobó los ingredientes y volvió a llevarse la botella a los labios. Con la boca todavía llena, frunció el ceño y me hizo un gesto con la botella, luego tragó de modo audible y preguntó:

—¿Quieres un poco?

—Oh, claro —respondí, y tomé la botella, pero el movimiento del coche hizo que me golpeara los dientes con el borde y que el té casi se derramara de mis labios. El líquido se vertió en mi estómago vacío con dulzura. Habían pasado dos años desde que mi abuela se sometiera a una gastrostomía, pero, aunque explicaron cómo, para aquellas personas que no podían tragar alimentos, abrían un orificio directamente en el estómago y bombeaban la comida a través de un tubo, la información nunca me había quedado clara. No se permitía comer ni beber en la habitación del hospital, por lo que siempre nos quedábamos sin almorzar cuando la visitábamos al mediodía.

Mirar la pantalla era demasiado para mí cuando me sentía mareada, así que me puse los audífonos y escuché algo de música. El álbum había salido antes del percance, y mi oshi, que había quedado en primer lugar en la última votación de los fans, tenía que interpretar una canción en solitario: «Ondina viperina», de la cual también había escrito la letra. La canción comenzaba con una melodía de guitarra característica y luego, después de un suspiro, la voz ronca ocupaba el lugar central. Sentí el calor de mi cuerpo sobre mis hombros. En comparación con las canciones recientes del grupo, que sonaban más electrónicas, esta canción era minimalista, con un aire melancólico:

Clavas tu colmillo torcido en el horizonte...

Cuando salió la canción, algunas fans que tenían sentimientos románticos hacia mi oshi habían buscado en internet, intentando encontrar a la mujer con el colmillo torcido.

Abrí los ojos. La lluvia difuminaba el límite entre el cielo y el agua en una neblina gris. Las casas que se aferraban a la orilla parecían cercadas por las nubes oscuras. Entrar en contacto con el mundo de mi oshi había cambiado lo que veía. Miré mi reflejo en la ventana, la lengua seca dentro de la boca de aspecto oscuro y cálido, y tararé la letra en silencio. Me hizo sentir como si la voz de mi oshi que resonaba en mis oídos se filtrara de entre mis labios. Su voz se superpuso a mi voz y su visión se superpuso a la mía.

Mamá giró el volante. La lluvia que caía lejos del alcance de los limpiaparabrisas se deslizaba por la ventanilla, y el cristal —que se limpiaba junto al ruido de los limpiaparabrisas— se empañaba de nuevo. La silueta de los árboles perdía sus contornos, dejando en mis ojos sólo una vívida impresión verde.

★

Cuando llegamos a casa, el peso del mareo que había sentido en el coche había desaparecido.

—Señorita Akari Yamashita, aquí hay algo para usted —mi hermana me entregó una caja de CDs, fui a mi habitación, los desenvolví con cuidado y saqué las fichas de votación. Cada CD de dos mil yenes venía con un voto, lo cual significaba que disponía de quince votos. Los resultados determinaban el número de voces principales y lugares centrales que cada miembro tendría en el siguiente álbum, y el miembro con más votos obtendría un solo largo. Cada lote de diez votos también te otorgaba un apretón de manos con un miembro de tu elección, por lo que era un sistema muy acertado.

Escaneé el número de serie de cada cupón y seleccioné el nombre de Masaki, desplegado en azul. Después de terminar de ingresar los números por cada uno de mis diez cupones, revisé mi blog, pero el conteo de visitas iba más lento de lo habitual. Recordé que había configurado la publicación sólo para seguidores. Casi todos los comentarios comenzaban con palabras de preocupación, como: < ¿Cómo estás? > y < ¡Te hemos echado de menos! >, y me di cuenta de que había tuiteado menos desde el percance. Taka, Komuso, Akihito's Duck (conocido como Duckie), Molasses Lozenge: respondí a cada uno de ellos y luego comencé a escribir a Caterpillar, mi compañera fan de Masaki, quien como de costumbre, había escrito el comentario más largo. Cambiaba su nombre público todos los días, de <Hungry Caterpillar> a <Caterpillar Anniversary> a <Caterpillar @ Feeling Bruised>. Ahora su nombre era una hilera de emojis de bichos y batatas.

< ¡¡¡Akariiii!!! ¡Te echaba de menos! Cuando dejaste de actualizar el blog fue como si sólo hubieran quedado plantas rodadoras por aquí, así que releí tus publicaciones anteriores para darme mi dosis diaria; si eso aumentó tu número de visitas, en realidad era sólo yo. Ja, ja, ja. ¡Realmente lo siento! Tienes toda la razón. Estoy preocupada e

insegura, pero no podemos permitir que los rumores nos desanimen, ¿verdad?... Me alivia mucho oírte decir esto, Akari. Tus escritos son tan maduros, lo que quiero decir es que eres como una hermana mayor amable y sabia o algo así. ¡Esperamos más actualizaciones pronto! Sé que ahora mismo la gente está decepcionada con Masaki, pero en serio, éste es el momento en el que debemos estar presentes y hacernos notar, ¡vamooos! >

    < Caterpillar, gracias por tu comentario~~. Siento la espera, pero me alegro de que lo hayas hecho. Ja, ja. De ninguna manera, no soy madura ni sabia... Sí, hay mucho en qué pensar, ¡pero podemos lograrlo! >

Las palabras de Caterpillar destilaban carisma y energía. Éramos de diferentes edades, íbamos a escuelas distintas y vivíamos en diferentes partes del país; nuestro amor por Maza Maza era lo único que nos unía. Pero a través de todos los comentarios, las quejas de los lunes por la mañana, los hilos de «viernes fotográfico de amor por el Oshi», de pasar la noche discutiendo por esto y aquello y lo precioso o increíble que era, había llegado a conocer la vida de mis seguidoras a través de la pantalla y a sentirme cercana a ellas. Así como ellas pensaban en mí como una chica tranquila y confiable, tal vez cada una de ellas era un poco diferente de lo que parecía. Pero este mundo en el que me mostraba con mi personaje medio inventado era un lugar más amable. Todas gritaban de amor por su oshi, y eso formaba parte de mi vida:

> < Tengo que arrastrarme a la ducha. >
> < ¡Puedes hacerlo, tu oshi te está esperando! >
> < OMG, no hay manera de que esté allí. >
> < Fui a mi reunión e incordié a todos con los solos de mi oshi en el karaoke~ >
> < ¡Vaya! ¡Mis respetos! ¿Cómo te fue? >
> < No tuve la gracia suficiente como para lograrlo y maté la vibra ~~ >
> < Te aplaudimos. >
> < No llores. >

Los oshis desaparecían repentinamente, ya fuera por retiro, por separación de sus grupos o por algún escándalo. Había músicos que desaparecían o fallecían de improviso. Cada vez que me imaginaba un mundo sin mi oshi, también pensaba en despedirme de la gente de aquí. Fue nuestro oshi quien nos unió, y sin él, nuestra relación se desharía sin más. Algunas personas cambian a diferentes géneros, como lo había hecho Narumi, pero yo sabía que nunca podría encontrar otro oshi. Masaki sería mi único oshi para siempre. Él era el único que me conmovía, me hablaba, me aceptaba.

✱

Cada vez que el grupo lanzaba una nueva canción, mostraba el CD que tenía en el estante, que en los círculos de fans se conocía como «santuario». Mi habitación era un desorden caótico de ropa sin lavar, botellas misteriosas de refrescos, libros de texto abiertos y abandonados bocabajo y folletos metidos dentro de otras cosas; pero las cortinas cerúleas y la lámpara de cristal azulado teñían la luz y el aire que entraban de azul. Era usual que los grupos de ídolos le asignaran a cada miembro un «color oficial», que se usaba para las barras luminosas que los fans sostenían para mostrar su apoyo en una actuación o para cualquier otro objeto de colección. Mi oshi era azul, así que me rodeé sistemáticamente de todo lo que fuera azul. El mero hecho de estar inmersa en un espacio azul me hacía sentir tranquila.

El eje central de esta habitación era obvio desde el momento en que se ponía un pie en ella. Al igual que la cruz en el interior de una iglesia, o la deidad principal en un templo, una gran foto firmada de mi oshi se exhibía en la repisa más alta y, a su alrededor, una serie de carteles y fotos se extendían por las paredes, enmarcadas sutilmente en diferentes tonos de azul, índigo, verde azulado y azul cielo. Las repisas inferiores estaban atestadas de DVDs, CDs, revistas y folletos en orden cronológico, apilados en capas como estratos geológicos. Con las fechas de los nuevos lanzamientos, desplazaba el CD que estaba en la repisa más alta al siguiente para dejarle espacio al disco más reciente.

No era capaz de sobrellevar la vida de la forma en que todos los demás parecían hacerlo con facilidad y me veía en apuros con las desordenadas consecuencias todos los días. Pero apoyar a mi oshi era el núcleo central de mi vida, una cuestión irrefutable, y eso me quedaba claro ante cualquier cosa. Tal vez —más que un núcleo— era mi columna vertebral.

Podía observar que la gente normal complementaba sus días con estudios, actividades y trabajos de medio tiempo que les proporcionaban dinero para salir con amigos al cine o para comer o comprar ropa, lo cual enriquecía sus vidas. Yo me desplazaba en la dirección opuesta. Toda mi experiencia se concentraba cada vez más en esta columna vertebral, como si estuviera atravesando una especie de calvario para purificarme. Todo lo que era innecesario se desvanecía, hasta que mi columna vertebral fue todo lo que me quedó.

<Hola Akari>
< Te envío este recordatorio porque necesito tus solicitudes de turnos para las vacaciones de verano. >

Recibí este mensaje de texto de la señorita Sachi-yo, y todavía tirada en el suelo, abrí la aplicación de mi calendario. Las actividades de mi oshi dictaban mi agenda, así que pedí terminar temprano el día en que se anunciarían los resultados de la votación de los fans y obviamente evité la fecha de bienvenida y presentación que tendría lugar después. Asimismo, dejé libre el día siguiente, para poder sumergirme en la satisfacción posterior. Pero además había CDs que comprar y conciertos a los que asistir en marzo. Siempre terminaba gastando más de lo que pensaba, así que quería programar el mayor número de días laborables posibles. El año pasado, cuando mi oshi participaba en una obra, me sentía tan desconsolada después de cada función a la que asistía que quería volver a verla de nuevo; por lo que me encontraba, una y otra vez, regresando al mostrador de «próximas entradas». El programa del espectáculo era una compra obligada, dado que incluía entrevistas con el elenco, y ya había adquirido el libro original del que se había adaptado la obra (quería asistir la noche del estreno sin ideas preconcebidas, así que esperé para leerlo después), pero también quería un ejemplar de la edición con la portada que tenía el diseño de la obra. Al haber comprado tantos objetos de colección, cuando se trataba de las fotos, pensaba en quedarme con las que más me gustaban, pero una vez que veía las muestras clavadas en el tablón, cambiaba de parecer. Había dos instantáneas de mi oshi: en una vestía con un kimono y en otra como un estudiante de otra época, y también una tercera de él vomitando sangre; después de haberlas visto todas, no sentía que pudiera irme sin el juego completo. Aunque la misma escena estuviera incluida en el DVD, desde el mismo ángulo, el impacto de ese momento único aislado de su entorno, sólo podía ser capturado por una fotografía. Si no las conseguía mientras podía, tal vez nunca tuviera otra oportunidad. Dije: «Todas, por favor», y lo mismo hizo la mujer que se encontraba detrás de mí. Mi oshi vivo y en movimiento se perdería tan pronto como terminara el espectáculo, pero quería absorber hasta la última gota de lo que estaba transmitiendo, desde su respiración hasta su mirada. Quería preservar la sensación de sentarme sola en el asiento y percibir cómo se inflamaba mi pecho, recordarlo, y quería las fotos y los videos y cualquier objeto que me llevara de regreso de nuevo a este momento. En su entrevista con el resto del elenco, dijo: «Algunas personas podrían pensar que participar en una obra de teatro se sale de mi rol como artista pop. Escuché muchos comentarios de ese tipo en internet cuando se anunció por primera vez». Pero al ser un ídolo de masas acostumbrado a estar frente al público, su presencia en el escenario superó fácilmente a la de los actores reales de la producción. Pero aún más importante, era un intérprete natural para su personaje, cuya negativa a ceder a sus principios se convertía en su perdición. Su actuación parecía pasar también el examen ante el público del teatro.

Necesitaría todo el dinero que pudiera reunir para la gira, así que, al final, solicité un turno casi todos los días y le envié la lista a la señorita Sachiyo. *No ir a clase significaba que podría concentrarme... Que podría dedicar todo el verano a mi oshi,* y sentía la simplicidad de esto como mi propia y definitiva alegría.

Me desperté con la voz de mi oshi e hice mi ronda habitual por internet. Abrí mi blog y me puse al día con los comentarios y los «me gusta», y pulsé en uno para releer la publicación original.

Hola queridos amigos, ¿cómo están? Les traigo la noticia de que finalmente conseguí uno, sí, nada menos que el artículo de colección conocido oficialmente como el «Despertador con latido *✷* vocal». Debo reconocer que no estoy segura de por dónde empezar, ya que es francamente vergonzoso describir su diseño con el minutero y las estilizadas manecillas horarias y la foto impresa en la esfera del reloj de mi oshi sonriendo incómodo. Desde que se emitió la publicidad, la gente ha afirmado que hubiera preferido algo más discreto: ¿quizás un bolígrafo con un logotipo o una bolsa?; también lo han calificado como un objeto superfluo que supone una triple amenaza: inútil, vergonzoso y caro; no obstante, y curiosamente, parece que bastantes de nosotras nos lo hemos comprado de todos modos. A pesar de todas nuestras quejas, nos daremos la vuelta e iremos a comprar un despertador que cuesta 8.800 yenes (¡!). Somos blancos fáciles, lo sé. Pero, ¿cómo podríamos abandonarlo en el estante de la tienda?

El caso es que este artilugio fue casi un fracaso antes de que saliera a la venta, ¿pero, saben qué? De hecho, me gusta mucho. Quiero decir, ¡emite la voz de tu oshi directamente en tu oído al despertar en la mañana! ¡♫ Tilín tilín ♪♪ Sabes qué hora es! ¡Levántate! ¡♫Tilín tilín♪♪ Sabes qué hora es! ¡Levántate! Llama instantáneamente la atención a mi somnolienta conciencia, y cuando presiono la alarma de color azul claro, dice: «Tú puedes. Sal a la calle y ten un gran día». ¿Y cómo podrías hacer otra cosa después de eso? Frases cursis como ésta generalmente desagradan, pero cuando me imagino a Masaki tan digno grabando estas frases, la idea me parece divertidísima y extremadamente tierna. Él es capaz de hacerme respirar mejor sin importar lo frío que sea el día.

La pesadez se derrite en mi cuerpo, él me calienta desde mi interior y, honestamente, me da la fuerza para sobrellevar el día. Mi oshi reaviva el fuego de la vida para mí cada mañana. Así que, entre una cosa y otra, todavía me siento succionada por las campañas de marketing de Maza Maza, pero aprovecho cada minuto de ello.

La publicación de mi reseña del despertador, escrita antes del desastre, fue tan espontánea que casi no me di cuenta, y me sentí un poco avergonzada. Komuso, ya levantada, más bien todavía levantada, había publicado una foto en su historia de Instagram que mostraba un plato de calamares secos y bocaditos de bacalao con queso, una lata de bebida energética y un televisor de fondo en el que se veía a su oshi, Sena, junto con el siguiente pie de foto:

< El planeta: todavía es redondo
El trabajo: todavía es interminable
Mi oshi: todavía sigue siendo sagrado >

Sus publicaciones siempre eran de este tipo, pero por lo que podía ver en sus *selfies*, llevaba un corte de pelo estilo *pixie*, tenía acicaladas hasta las puntas de las uñas e iba vestida de pies a cabeza con marcas de alta costura de las que incluso yo conocía los nombres. El cuadro de actualizaciones del sitio oficial decía: «Se confirma la actuación de BAKUON», y aunque el mensaje mencionaba el incidente del otro día, confirmaba que el concierto se llevaría a cabo según lo planeado y que Masaki Ueno aparecería. Como era de esperar, las redes sociales bullían con comentarios de personas que criticaban la decisión, pero a mí me alegraba que no se hubiera cancelado la primera oportunidad de ver a mi oshi desde la guerra incendiaria. Sentí un nuevo impulso en mi cuerpo y, caminando sobre las cosas esparcidas en el suelo, me dirigí al baño. La sensación producida por la cremallera de un pantalón de mezclilla, la portada de un manga y el borde dentado de una bolsa de papas fritas se clavó en las plantas de mis pies y subió casi hasta mis rodillas. Mi hermana, que se había estado frotando vigorosamente la cara con las manos mojadas con una loción tonificante o algo así, apartó mi mano que buscaba mi cepillo de dientes y me dijo:

—Sabes que han llamado a mamá de la escuela. Deberías habérnoslo dicho antes —dijo ella.

Mantuvo su mano izquierda presionada contra la superficie de su rostro y abrió un frasco de loción con la derecha. En lugar de responderle, introduje el cepillo de dientes en mi boca. Me lavé la cara y, sin maquillarme, me recogí el pelo con la suficiente fuerza como para tirar de las puntas de los ojos hacia arriba, lo que imaginaba que me haría verme un poco más despierta. Me saqué un polo azul marino por la cabeza que tenía el cuello deformado por haberlo sacado con fuerza de la percha. Mientras guardaba en mi bolso un pañuelo de encaje azul claro y unas gafas con montura azul ultramarino, consulté el horóscopo del día. El signo de mi oshi, Leo, ocupaba el cuarto lugar del día, y su artículo de la suerte era un bolígrafo, así que metí un bolígrafo con una correa de goma azul en un bolsillo interior. Me fui sin revisar mi propio signo zodiacal. No era importante.

El restaurante en el que trabajaba de mesera estaba en la parte más estrecha de las tres calles que se alejan de la estación de ferrocarril, yendo a la derecha. Los grupos de hombres que trabajaban en el salón de pachinko o en los apartamentos en construcción en la parte trasera, venían a menudo a almorzar con los dobladillos de los pantalones cubiertos de barro. Más tarde, al final del día, regresaban para beber. Finalmente estaba aprendiendo a reconocer a algunos de los clientes habituales, pero por la noche se celebraban fiestas de grupos de empresas, cuyo modo de andar y comportamiento eran en muchas ocasiones completamente diferentes al salir que al entrar. El letrero de afuera decía «Cantina Nakakko», pero como abríamos hasta tarde y se servía alcohol, el lugar era más bien un *izakaya*.⁵ Cuando entré después de ver el anuncio de «Se busca personal» en la ventana, la señorita Sachiyo había dicho: «No contratamos a muchos estudiantes de secundaria». Pero descubrí que tenían problemas para encontrar personal cuando Kou, que estaba en el último año de universidad, renunció tan pronto como comencé y me dijo: «Estoy muy con-

---

⁵ Un *izakaya* (居酒屋) es un típico bar japonés al que se acude a tomar alcohol después del trabajo, aunque se sirven tanto comidas como bebidas.

tenta de que hayas comenzado a trabajar aquí. La señorita Sachiyo se había negado a dejarme marchar».

Había un montón de tareas de las que había que encargarse antes de abrir, empezando por gasificar el agua para beber y poner a enfriar las botellas de whisky; sacar el cerdo del congelador, porque lo necesitábamos todos los días, guardar la vajilla que se había dejado secar durante la noche y afilar los cuchillos. Eran incontables las veces que la señorita Sachiyo me había regañado antes de que el trabajo se convirtiera en memoria muscular. Acuñé las rutas de actuación en mi cabeza: *cuando esto suceda, haz aquello, y si ocurre esto, significa lo otro*; pero cuando la actividad se volvía frenética, no quedaba tiempo para consultar mis notas, y entonces todo parecía ser una excepción a las reglas, y salían atropelladamente de mi mente.

El espeso olor a caldo de cerdo del ramen atravesaba la calle y entraba con una ráfaga de aire nocturno, y el chef y yo gritábamos: «¡Bienvenido!». El chef era delgado y hablaba en un tono suave, pero cuando saludábamos a los clientes, su voz tenía un tono tan profundo como el de un tenor. Katsusan entró, abrió la puerta con sus rechonchos dedos, y cuando le dije que la señorita Sachiyo había ido a buscar algo al almacén trasero, me dijo que le echara un chorrito extra de whisky. Katsusan tenía un rostro anguloso; el de la barbilla estrecha y los ojos achinados era Higashisan; pero el nombre del que iba en camiseta, que era joven y sonriente y que tenía un resplandor frío en las escleróticas, no podía recordarlo. Les ofrecí a los tres clientes habituales toallas calientes y *edamame*, les dejé sus palillos y un cenicero, y en ese momento, antes de que pudiera sacar mi bloc de notas, escuché:

—Un whisky con soda cargado. ¿Cuesta más? ¿No puedes echarme simplemente un chorrito más? —y así sin más, la ruta grabada en mi cuerpo se desintegró.

—Déjala en paz —dijo Higashisan, levantando la toalla de su cuello.

—No —repuso Katsusan—. Vamos, sólo un poco —añadió, y me guiñó un ojo, así que le pedí que esperara un momento, y en ese momento la mujer que iba con el grupo al que había acomodado antes en un reservado y que estaba sentada más cerca del pasillo, se inclinó hacia atrás y me dijo:

—¿Se me ha derramado la bebida? —así que escribí «#3» y dije:

—Estaré con usted en un momento —encontré la lista de precios del personal que se guardaba debajo de la caja registradora, la cual decía:

Whisky con soda (copa): 400 yenes
Whisky con soda (cargado): 520 yenes
Whisky con soda (jarra): 540 yenes
Whisky con soda (jarra, cargado): 610 yenes
Tan pronto como se lo mostré a Katsusan, adoptó aspecto de aburrimiento y dijo:

—Está bien, tres cervezas, entonces —sin siquiera consultar con los demás.

Akari, cariño, debes recordar esto. Es la sonrisa. No importa la circunstancia, tienes que sonreír. De eso se trata la hospitalidad. Me imaginé el rostro de la señorita Sachiyo reflejado en el espejo cuadrado salpicado de gotitas, con aspecto serio y la boca abierta, aplicándose meticulosamente un lápiz labial oscuro y denso hasta la comisura de los labios, y me di cuenta de que *me había equivocado.* Regresé a la cocina. El chef —que había perdido tanto peso que pensé que debía estar enfermo o algo así— me llamó por mi nombre y me sonrió, y me di cuenta de que había sacado un plato de vainas de edamame del estante para mí. Le di las gracias y lo llevé al mostrador, donde Higashi-san me miró y dijo:

—Mira, la Pequeña Akari ha vuelto —me había llamado Pequeña Akari desde el día que tropecé y me caí con tres jarras de cerveza en las manos. Después de varias rondas regresando a su mesa para encargarme de tareas que ya debería haber hecho, dijo:

—La pequeña Akari está a punto de llorar —y yo repuse:

—Lo siento —lo cual fue aprovechado por los clientes de otras mesas que decían «Lo siento» o «Disculpe», y entonces recordé cómo me habían dicho que mantuviera la calma y pidiera ayuda tan pronto como las cosas se complicaran, porque eso me llevaba a cometer errores, lo cual era un mal servicio para el cliente, así que fui a tratar de sacar a la señorita Sachiyo del almacén trasero, pero cuando iba hacia allá, la misma mujer que antes me había llamado, dijo un poco fríamente:

—Disculpa, pero te dije que se me derramó la bebida.

—Lo siento, lo limpiaré.

—No, está bien, ¿podrías traer algunas servilletas? Si no es demasiada molestia.

—Akari, no te preocupes, yo me encargo. Trae tú las cervezas —dijo el chef, y volvió a poner el cerdo en el refrigerador. Entendía lo que significaba para él salir de la cocina, pero la ansiedad inundaba mis pensamientos y los tornaba turbios como la leche. Un grupo de hombres, que habían sido la viva imagen del decoro cuando entraron, gritaron pidiendo la cuenta, pero sus voces sólo llegaban hasta mis oídos, y me dirigí al suelo de nuevo, impulsada por el tenue sonido burbujeante procedente de la parte superior de las tres cervezas que llevaba en la bandeja.

—Ahí va —dijo Katsusan, con su labio ligeramente curvado. Se volvió hacia mí con la misma expresión y me dijo—: Te pagan por hacer esto, ¿verdad? Deberías comenzar a tomártelo en serio —sentía como si hubiera atrapado mi mirada, que debía haber estado flotando en el aire, y la hubiera clavado firmemente en mis globos oculares.

—Bueno, pidamos —anunció, repentinamente animado de nuevo—. Comeremos cerdo al jengibre, pescado con daikon, tendón de res estofado, pollo frito y también calamares...

Mientras lo anotaba todo empleando abreviaturas, escuché al chef, que había terminado de registrar la cuenta del grupo de la fiesta, y la señorita Sachiyo, que había regresado del almacén, ambos gritaron: «¡Los esperamos de nuevo!», y me uní a ellos, con la voz que brotaba de mi garganta ahogada. El viento rugía. Escuché el traqueteo de la puerta al cerrarse, las voces que llegaban a través del vidrio ondulado hablando de ir al siguiente bar, el sonido persistente del chorro de agua que caía en el fregadero, mientras la señorita Sachiyo enjuagaba y acomodaba los platos, los ruidos que emitían el extractor y el refrigerador, la suave voz del chef que decía: «Cálmate, Akari. Todo va a salir bien, sólo tienes que calmarte». A lo que le respondí: «Sí, lo sé, lo siento», pero ¿qué significaba calmarse? Cuando me apresuraba, sólo cometía errores, y cuando intentaba parar, era como si se me disparara un fusible; incluso mientras pensaba en todo esto, mi mente consciente protestaba porque todavía había clientes esperando atención, y mis pensamientos acelerados se acumularon dentro de mi cuerpo hasta que se desbordaron y comencé a retroceder. Estaba a punto de ahogarme con los «Lo siento» que me rodeaban, sin saber si eran míos o de los clientes. Eché un vistazo al reloj de la pared cerca de la esquina donde una pieza de papel tapiz amarillento se desprendía de la otra. Una hora de trabajo me daba para comprar una foto, dos horas un CD, y cuando ganaba diez mil yenes era una entrada para un evento en directo. Estaba pagando el precio por intentar terminar el trabajo haciendo lo mínimo. Podía percibir las arrugas esculpiéndose en el rostro del chef, mientras limpiaba una mesa con una sonrisa cohibida.

★

Cargada con dos cajas de plástico apiladas llenas de envases vacíos, abrí la puerta trasera con el hombro y sentí la brisa del aire rozar mi cuello, todavía caliente por el calor del día, y repelí brevemente los paulatinos olores a hierba y a orina de los gatos del vecindario. Contuve la respiración y propulsé mi cuerpo a través de la puerta y, con ello, las cajas con las botellas traquetearon en su interior. «Eh», dijo alguien, y alzando la vista de mi posición medio agachada, vi a los tres hombres que acababan de irse. Se habían ido a pedir una botella de shōchū[6] de batata, e incluso en la oscuridad noté que el rostro de Katsusan estaba rubicundo e hinchado. Cuando tuve que marcar con un rotulador la botella que habían comprado para guardarla detrás de la barra, la señorita Sachiyo me había confesado discretamente su verdadero nombre.

Señor Katsumoto
30 de julio

—¿Adónde vas? Ven aquí.

De repente, mi cuerpo se volvió más ligero o, más exactamente, se elevó, y borbotones de sudor brotaron en el interior de la camiseta que llevaba bajo el delantal.

—Katsusan, no, por favor, no puedes...

---

[6] Se trata de una bebida alcohólica, comúnmente destilada de la cebada, la batata o el arroz.

—Esto es pan comido —su voz se nubló por el esfuerzo cuando dijo—: Para alzar cualquier cosa, sólo tienes
que ayudarte de la espalda —y sus piernas parecieron
girarse, mientras el otro hombre de la camiseta sin mangas intervino rápidamente para soportar ambos, su peso
y el de las cajas.

—Estas cosas son demasiado pesadas de cargar para
una niña —dijo él, y noté que también estaba borracho.
Probablemente era una de esas personas cuyas palabras
brotaban más fácilmente una vez que se lubricaban con
un poco de alcohol. Incliné la cabeza y dije: «Gracias»,
y puse las cajas que me había entregado junto a la pared. Cuando estaba a punto de volver a entrar con una
nueva caja de botellas llenas del almacén, la señorita
Sachiyo salió con un cubo de basura y Higashisan, que
no parecía borracho en absoluto, le dijo:

—Trabaja duro para ser una estudiante. ¿En qué se
lo gastan las chicas ahora?

—Hay un ídolo del pop del que ella es fan. ¿No es así?
—preguntó Sachiyo, abriendo la puerta trasera con una
caja de latas de bebida vacías.

—¿Un ídolo? ¿De verdad? —preguntó el hombre de
la camiseta sin mangas en voz alta.

—Ya sabes cómo son las chicas. Entregan sus corazo-
nes a una cara bonita.

—Al menos, todavía es joven. Pero debería conocer
a hombres de verdad antes de que pierda el tren.

Mientras la señorita Sachiyo y Katsusan hablaban
detrás de mí, recordé que había que tirar las latas va-

cías, así que empecé a sacarlas de la caja y a tirarlas a la basura. La puerta trasera desplazó la caja vacía a un lado y comenzó a cerrarse.

—La Pequeña Akari sólo intenta hacer las cosas bien aquí. ¿No es cierto? —dijo Higashisan de repente. Él me había estado observando con los brazos cruzados sobre su pecho.

—Así es —confirmó Katsusan—. Uno le pide un pequeño chorrito extra, pero ella no hace caso. ¡Vamos! Todas las otras chicas dicen que sí.

—Está bien, Katsusan —dijo la señorita Sachiyo. Ella sonrió.

★

La gente nunca pensaba que yo intentaba hacer las cosas bien. Por lo general, sólo decían que era una vaga.

Echando la vista atrás, todo comenzó con el *kanji*[7] del número «cuatro». Los kanjis para «uno», «dos» y «tres» son así:

$$一, 二, 三$$

Simple. Pero entonces, ¿por qué el de «cuatro» era así?

$$四$$

---

[7] Los kanjis son los sinogramas utilizados en la escritura del idioma japonés.

59

Eso sin tener en cuenta que 一, 二, 三 tenían el mismo número de trazos que el número que representaban, mientras que «cuatro» necesitaba cinco trazos para completarse (y «cinco» solo tenía cuatro). «La práctica hace al maestro», solía decir mi profesora, pero no importa cuántas veces escribiera los caracteres de los números del uno al diez, mi escritura nunca salía como la de los demás niños.

Mamá también solía preguntarnos a mi hermana mayor, Hikari, y a mí, las tablas de multiplicar o el abecedario cuando llegaba la hora de bañarnos. Ella nos hacía permanecer en el agua hasta que las recitábamos correctamente. Pero yo nunca pude hacerlo. Nunca pude lograr que las letras y los números coincidieran con los sonidos que mi hermana pronunciaba, y cuando mi mente comenzaba a quedarse en blanco, mamá decía: «Es suficiente», y me sacaba del agua. Hikari, envuelta en una toalla con la cara de un personaje de dibujos animados, habiéndose ganado su derecho a salir y secarse, generalmente me miraba en silencio, pero un día se quejó.

—¡No es justo! ¿Cómo es que Akari puede salir cuando ni siquiera lo ha dicho bien? ¿Por qué soy la única que tiene que hacerlo?

No recuerdo lo que le respondió mamá. Yo me quedé deslizándome en el agua tibia, sonrojada e incapaz de sostenerme del lado de la bañera del que Hikari había salido triunfante. La cadena de metal que estaba enganchada al tapón del desagüe me dolía al raspar la piel de mi vientre; sentí mi cuerpo pesado cuando mamá me sacó, y no entendía por qué mi hermana se sentía celosa.

—¿Por qué sólo abrazas a Akari? —preguntó Hikari. De la manera en que sentía los brazos de mamá, no pensaba que hubiera mucho de abrazo en su apretón. Ella sólo transportaba algo pesado. Desde mi punto de vista, preferiría haber sido Hikari, capaz de responder a las preguntas fácilmente, salir primero y ganar la aprobación de mamá.

Era lo mismo con los exámenes de kanjis en la escuela. Tenías que seguir repasándolos hasta ser capaz de escribir todos los caracteres correctamente, y Kotaro y yo, la sacamocos, éramos las últimas que quedaban. Los reescribía una y otra vez en mi cuaderno, llenando cuadrado tras cuadrado. «Así se aprenden los kanjis», me decían, de modo que escribí páginas y páginas hasta que el nudillo en la base de mi dedo meñique se tornó completamente negro. Las páginas que había cubierto con mi escritura brillaban a la luz, pero, aunque casi me desmayaba por el olor a mina de lápiz, me dije a mí misma que tenía que practicar los caracteres hasta acabar el cuaderno.

Así que seguí escribiendo la palabra «prado», que había fallado la última vez:

放牧 放牧
放牧 放牧
放牧 放牧

Escribí la palabra «posesión»:

所持 所持
所持 所持
所持 所持

Y la palabra «sentir»:

感じる 感じる
感じる 感じる
感じる 感じる

Pensé que los había memorizado todos perfectamente. Escribí «prado» al revés, a diferencia de la última vez que cambié los dos caracteres y escribí 牧放 en lugar de 放牧. Recordé el primer carácter de «posesión», pero simplifiqué la mitad del segundo y terminé escribiendo «el lugar del samurái» en su lugar. Y no pude dar con la mitad superior del carácter para «sentir» y escribí sólo la mitad inferior, que construía «al corazón». Me equivoqué en algunos kanjis que había acertado la vez anterior y, al final, mi puntuación mejoró sólo un punto sobre cincuenta. Incluso Kotaro me superó y, al final del año, yo era la única de la clase que no había aprobado el examen.

Mamá comenzó a poner mucha energía en enseñarnos a Hikari y a mí, especialmente inglés. No sabía cuán estrechamente relacionado estaba eso con el cargo de mi padre en el extranjero. Cuando mamá nos enseñaba hasta altas horas de la noche, como para distraerse de su propio insomnio, comencé a aprender a distanciarme del estudio de manera discreta. Hikari dijo: «Mamá, el problema es que nunca la elogias», y se puso de mi parte, diciéndome: «Hikki te enseñará inglés». Lo único que aún recordaba de lo que me enseñó mi hermana era la «ese» de tercera persona del singular. Me colmaba de elogios cada vez que añadía una «ese» al final de un verbo y lo repasábamos pacientemente cuando lo olvidaba, así que concentré toda mi atención en asegurarme de que cada verbo tuviera una «ese» antes de entregarle la lista para que me la calificara, y respondía todas las preguntas correctamente. Hikari estaba tan orgullosa de mi éxito como si hubiera sido el suyo propio. Pero al día siguiente, cuando me daba una nueva lista de verbos, la tercera persona del singular se me había olvidado por completo. No lo hacía a propósito. Hikari hacía todo lo posible por tener tacto aunque yo percibía la decepción apoderarse de ella.

Mi hermana estaba estudiando para sus exámenes de ingreso a la universidad cuando finalmente se enfadó conmigo. Yo estaba comiendo el estofado que mamá había preparado para cenar, mientras ella me fastidiaba a través de la puerta del baño. Mi hermana tenía sus libros abiertos y un pequeño plato de estofado en el borde de la mesa. Mamá me estaba regañando por no estudiar, como de costumbre.

Levanté la voz hacia el baño y dije:

—¡Estoy esforzándome mucho! ¡Lo estoy intentando!

Mi hermana, que había estado estudiando, hizo una pausa:

—¿De verdad lo estás intentando? —dijo ella—. Me vuelves loca cuando dices eso. Es insultante. Yo me quedo estudiando hasta tarde todas las noches. Y mamá va a trabajar, a pesar de que no puede dormir y siente náuseas y tiene dolor de cabeza todas las mañanas. ¿En qué se parece eso remotamente al hecho de que tú le dedicas todo el tiempo a perseguir a un ídolo? ¿De dónde sacas el valor para decir que lo estás intentando?

—¿No podemos intentarlo a nuestra manera?

Mi hermana me vio llevarme un trozo de daikon a la boca con los palillos y se echó a llorar.

—No —dijo ella. Las lágrimas caían sobre su cuaderno. Su letra era pequeña y legible incluso en sus apuntes de clase—. No tienes que hacerlo. No tienes que intentarlo. Simplemente deja de *fingir* que lo estás intentando. No es lo mismo.

El trozo de daikon cayó en el plato con un chapoteo caldoso. Limpié la mesa con un paño. Hikari, volvió a arremeter diciendo:

—Límpialo bien —y apartó sus libros deliberadamente.

Eso intento, pensé, *y de todos modos nunca dije que fuera lo mismo*. Intenté decírselo, pero ella seguía llorando y enredando lo que yo en realidad quería decir.

No tenía ningún sentido. No sabía cuándo me defendería y cuándo se enfadaría. Mi hermana no se expresaba a través de la lógica, sino a través de su cuerpo, que hablaba y lloraba y se enojaba.

Mamá no se enojaba tanto como enjuiciaba. Ella tomaba decisiones repentinas. Mi hermana se daba cuenta de inmediato cuando sucedía y se desgastaba intentando mantener la paz.

Una vez, escuché a mamá hablando de mí. Me desperté alrededor de las tres de la mañana y me levanté de la cama para ir al baño. Vi la luz que se filtraba por debajo de la puerta de la sala de estar. Distinguía voces. Probablemente mi hermana estaba arrancándole las canas a mamá otra vez.

—Ay. Ésa no era una cana, me ha dolido.

—Estaba gris.

En mi estado de somnolencia, la cálida luz apareció como un resplandor borroso.

Sin querer, me puse a escuchar la voz de mamá detrás de la puerta. La escuché decir algo y disculparse.

—Siento lo de Akari. Sé que es difícil para ti.

Mis uñas de los pies estaban largas. Me estaban saliendo vellos en el dedo gordo del pie, que pensé que me había depilado. ¿Por qué seguían saliendo cosas de mí por mucho que las cortase y arrancase? Aquello me producía una sensación intolerable.

—Lo sé —escuché decir a Hikari en voz baja—. Pero ella no puede hacer nada al respecto.

Entré en la sala de estar. Su brillo hizo que el oscuro pasillo pareciera un sueño, y de repente pude ver las formas de la televisión, las plantas de interior de mamá y las tazas en la mesita de centro con gran claridad. Mi hermana no levantó la vista. Mamá, casi desafiante, ordenó:

—Llévate tu ropa sucia.

La ignoré. Me acerqué, tomé un pañuelo, y saqué el cortaúñas del cajón inferior de la cómoda. Me corté las uñas. Se escuchó el chasqueo. Las uñas de mis pies eran cuadradas y difíciles de cortar sin pellizcar la piel. Mamá dijo algo. Saqué el extremo del cortaúñas debajo de la uña donde estaba incrustada, en la carne de mi dedo del pie y corté. Un trozo de uña salió volando. Cuando terminé, mi atención se centró en los vellos que me crecían en los dedos de los pies y me di cuenta de que las pinzas ya no estaban.

—¿Puedo? —le pregunté a mi hermana. Antes de que pudiera decir nada, le arrebaté las pequeñas pinzas plateadas de su mano y comenzó a tirar, ignorando a mamá que intentaba interrumpirme. Vi las gotas de líquido en las puntas de los cabellos cortos oscuros, y me sentí avergonzada. No podía entender por qué tenía que seguir enfrentándome, sin cesar, a lo que seguía creciendo y creciendo por mucho que lo cortara y arrancara. Así era como siempre me había sentido con respecto a todo.

Fue por esta época cuando me reuní con mi oshi. De alguna manera conseguí entrar en la secundaria, mientras me esforzaba en una vida donde daba tres pasos hacia adelante y dos hacia atrás. Mi oshi estaba radiante. Era un resplandor que sólo podía provenir de alguien que hubiera estado superando sus límites durante veinte años, desde que fue arrojado por primera vez a la industria del entretenimiento cuando era niño. «Estaba rodeado de adultos a quienes tenía que complacer y hubo un momento en que pensé que estar dentro de la industria era algo a lo que me habían obligado, pero la primera vez que actué como ídolo —tendría dieciocho años en aquel entonces—, y vi las serpentinas plateadas lanzadas hacia arriba desde el escenario, y escuché el ruido de la multitud inundando completamente el lugar, mi mente se quedó de súbito en silencio y pensé: ¿Saben qué? Estoy aquí y voy a darles algo por qué gritar». Creo que este momento, del que habló una vez, fue cuando comenzó a emitir una luz propia.

Brillaba, pero también era humano. Hablaba con afirmaciones tajantes que daban pie a malentendidos. A menudo mantenía sus labios con un gesto cordial, pero cuando estaba realmente feliz, sonreía como si intentara ocultar su sonrisa en el interior de su rostro. Parecía destilar confianza en los programas de entrevistas, pero en los programas de espectáculos parecía inseguro y se percibía su mirada vacilante. Daba la impresión de haberle encontrado el gusto a ser el «inútil» del grupo desde un Insta Live en el que había intentado tomar un sorbo de agua de una botella de plástico con la tapa todavía puesta. Sus *selfies* eran poco favorecedoras (aunque su cara era lo suficientemente agraciada como para que esto resultara perdonable), pero era bueno para tomar fotografías de otras cosas. Todo en él era precioso. Cuando se trataba de mi oshi, quería ofrecerle todo lo que yo tenía. «Te lo daré todo», esta línea suena como si hubiera sido sacada de un drama romántico barato, pero su existencia y que yo pudiera ser testigo de ella era todo lo que yo pedía, lo cual quiere decir que cuando Katsusan o la señorita Sachiyo hablaban acerca de que «yo debía conocer a hombres de verdad», la idea no significaba nada para mí.

Amigos, socios, conocidos, familia, cada relación que tenemos en este mundo influye en los demás y cambia puntillosamente de un día a otro. Las personas que luchan por mantener relaciones mutuas e igualitarias dicen que las relaciones unilaterales son desequilibradas y poco saludables. *Deja de suspirar por él, no tienes oportunidad. ¿Por qué siempre eres tú quien hace sacrificios por ella?* Resultaba agotador que me dijeran que se estaban aprovechando de mí, cuando yo no tenía expectativas de recibir nada a cambio. Mi devoción por mi oshi era mi propia recompensa, y eso era perfecto para mí, así que sólo necesitaba que la gente no opinara al respecto. No pretendía que mi oshi retribuyera mis sentimientos. Probablemente porque ni siquiera quería que me vieran o aceptaran como era ahora. No sabía si él respondería de manera positiva sobre mí si alguna vez nos conociéramos, y ni siquiera pienso que elegiría estar a su lado las veinticuatro horas del día, los siete días de la semana si fuera una opción —aunque, es cierto, intercambiar algunas palabras en un encuentro siempre me emocionaba lo suficiente como si fuera a explotar.

Los teléfonos y las pantallas de televisión poseen una especie de gracia derivada de su separación, como la distancia entre el escenario y el público. Había momentos en los que ser capaz de sentir la presencia de alguien a cierta distancia proporcionaba una especie de tranquilidad: el espacio no podía ser destruido al interactuar directamente, o la relación afectada por cualquier cosa que yo hiciera. Más importante aún, cuando defendía a mi oshi, cuando me lo jugaba todo y llegaba hasta el final, el compromiso puede que fuera unilateral, pero me sentía más completa que nunca.

Copié los datos básicos de mi oshi con un bolígrafo naranja en hojas de papel sueltas y me puse a prueba usando una hoja de plástico rojo transparente.

Fecha de nacimiento: 15 de agosto de 1992
Signo zodiacal: Leo
Grupo sanguíneo: B
Ciudad natal: Prefectura de Hyogo
Hermanos: Una hermana (cuatro años mayor)
Color favorito: Azul
- *Se unió a Starlight Productions a los cuatro meses de edad.*
- *La madre y la hermana abandonaron a la familia en el momento en que terminó la escuela secundaria.*
- *Vivía con su padre (un administrativo), su abuelo y su abuela.*
- *Comenzó un blog llamado «El blog de Masaki Ueno», pero dejó de actualizarlo después de un año y medio. Actualmente está activo sobre todo en Instagram. Twitter sólo lo usa para dar anuncios.*
- *Su club de fans se fundó cuando tenía dieciséis años.*

- *Después de numerosas apariciones en vivo, se trans-
  firió de Starlight Productions a Wonder Agency a la
  edad de dieciocho años, y debutó como miembro del
  grupo de ídolos mixto, Maza Maza.*

Investigué los antecedentes de las obras en las que
él había participado dibujando mapas y diagramas de
relaciones entre los personajes, gracias a lo cual me volví bastante experta en historia rusa e incluso saqué una
puntuación alta en un examen. Cuando escribía en el
blog, el dispositivo me mostraba el kanji adecuado que
debía elegir, así que nunca me preocupaba por la ver-
güenza que sentía en los momentos en los que leíamos
los trabajos de los demás en clase y mis compañeros se-
ñalaban todos los caracteres en los que me había equivocado.

Seguir a mi oshi en cuerpo y alma; entenderlo y
dejarlo registrado en mi blog. Mientras rebobinaba la
grabación de televisión y tomaba notas, recordé cómo
Hikari había tenido una vez el mismo enfoque hacia sus
estudios. Mi oshi me había mostrado que había algo a lo
que me podía dedicar. Hoy, mi turno finalizaba a las tres
de la tarde, por lo que no se reflejaba tanto el cansancio en mi cabello como de costumbre, mientras ondeaba
con el viento de camino a casa. Tomé un poco de agua
helada y me senté con las piernas cruzadas en el suelo,
y cuando presioné el botón borroso en el sucio control
remoto del televisor, apareció una imagen en la pantalla
plana, aún menos visible a la luz del día. Los resultados

de la votación de los fans se anunciarían a las cuatro de la tarde, así que todavía tenía tiempo. Revisé mi teléfono y vi que varias palabras clave de Maza Maza eran tendencia en internet.

El sonido de un camión de reciclaje llegaba a través de la ventana. Un perro pequeño le ladraba a algo. Levanté mis muslos del suelo laminado, y los huesos de mi pelvis me dolieron ligeramente, y sentí el suelo con aire acondicionado más duro que de costumbre. Llegaron las cuatro de la tarde y comenzó el programa. Escuché una llave girar, y mamá llegó del trabajo.

—Akari —gritó ella, bruscamente—. ¿Tienes la ventana abierta con el aire acondicionado encendido? ¿Me estás escuchando? Ni siquiera te has cambiado, necesito lavar la ropa —dijo, a lo cual yo repuse:

—Está bien. Voy —me levanté con los ojos todavía pegados a la televisión y, tambaleándome, me quité los pantalones de mezclilla.

—Corre las cortinas, por favor —dijo mamá de nuevo. De repente, la pantalla se oscureció con un zumbido. Por primera vez, miré a mi madre a la cara. Tenía un mechón suelto de cabello que caía a un lado de su mejilla.

—¿Me estás escuchando? —ella echó hacia atrás el brazo que sostenía el control remoto.

—Sí, lo siento, pero es importante.

—No te lo voy a devolver.

—Vamos, ¿por qué?

—Estoy harta.

Me disculpé como se me había dicho, cerré la ventana como se me había dicho y me cambié la ropa de trabajo y me puse la pijama como se me había dicho. Fregué la bañera, lavé los platos que quedaron de cuando había calentado en el microondas una bolsa de arroz frito esa mañana, llevé a mi habitación la ropa que mi hermana había doblado antes y recuperé el control remoto, pero para entonces el resultado ya había sido anunciado.

Tan pronto como vi a mi oshi en el quinto puesto, entendí que había quedado al último.

El interior de mi cabeza destellaba de negro, rojo: un color iracundo desconocido.

—¿Qué demonios? —dije, lanzando las palabras contra el interior de mi boca, e inmediatamente ganaron velocidad, generaron calor. La última vez, él había estado en la posición central, sentado en un trono forrado en una tela de aspecto suave, sonriendo como si se sintiera avergonzado por tan magnífica corona. Su expresión cuando bajaba la guardia era rara y adorable. La convertí en mi fondo de pantalla y la reproducía a menudo, y publiqué < Precioso, te amo, bien hecho >, pero ahora que estaba sentado en una silla común, con una pierna delante de la otra, reaccionando a lo que decía el maestro de ceremonias, apenas podía mirarlo a la cara. No podía soportarlo. Todos los fans se sentaron junto a sus oshis en la silla que cada oshi tenía asignada.

< No, ¿por qué? > < Qué sufrimiento >

Escribí en el dispositivo que tenía en las manos. Por lo que podía ver, recibí un «me gusta» de todos los que estaban ahí en tiempo real. Caterpillar reaccionó con un emoji de una cara llorando.

No podemos competir, pensé. Me di cuenta de cuánto había afectado el incidente a mi oshi. Le había robado algo enorme. Creo que todos habíamos comprado al menos el doble de lo que solíamos comprar, pero no se trataba de que los fans nos esforzáramos más. Dicho esto, era una diferencia estrecha, menos de cien votos, entre él y Mina, que había quedado en el cuarto lugar. Había gastado casi todo mi salario comprando cincuenta CDs, pero, aun así, siempre me preguntaba, *¿Qué pasaría si realmente me esforzara al máximo y comprara algunos más, tal vez entonces...?* Si todas nosotras hubiéramos podido comprar algunos más, él podría haberse ahorrado una caída tan obvia, desde el primero hasta el último. Previamente, en un programa de radio, había expresado que el sistema no era muy generoso, y que, si bien agradecía los votos de sus fans, los exhortaba a no excederse. Yo sabía que a él no le importaba tanto la clasificación. A pesar de ello, podía percibir una sensación de intolerancia proveniente de la pantalla.

—Finalicemos con una última palabra de cada uno de ustedes —dijo el maestro de ceremonias, y mi oshi, a quien le pasaron el micrófono primero, lo tomó y lo meció en sus manos.

—Lo más importante —dijo, exhalando ruidosamente— es que después de todo lo que ha pasado, me hayan dado 13,627 votos. Estoy agradecido. Esto no era lo que esperaban y lamento no estar a la altura de sus expectativas, pero no me arrepiento. Siento el apoyo de todos y cada uno de sus votos. Gracias a todos.

A veces mi oshi era objeto de críticas por sus comentarios extremadamente breves, pero éste fue suficiente para mí. Las cortinas se balancearon y, en la pantalla plana, parecía como si él también estuviera entrecerrando los ojos contra el resplandor. La forma en que cerraba los ojos y arrugaba la nariz era tan entrañable que yo sentí como si estuviera siendo estrujada desde lo más profundo de mi pecho.

Cuando un atleta perdía su último partido de *playoffs* en su último año de secundaria, la gente decía que eso marcaba el final de su verano. Pero yo sentí que ese día fue en el que comenzó mi verdadero verano.

Tenía que ir con todo. Juré tener ojos sólo para mi oshi. Me resultaba difícil ver la mercancía oficial de mi oshi en el mercado de segunda mano, así que intenté dar cobijo a tantos artículos como pude. Recibí paquetes de Okayama y Okinawa, quité el polvo con cuidado de las viejas chapas y de las fotos, y las desplegué en mis repisas. Dejé de gastar dinero en otra cosa que no estuviera relacionada con mi oshi. Mi trabajo en el restaurante todavía me resultaba agotador, pero cuando pensaba que lo estaba haciendo por mi oshi, me sentía reconfortada.

El 15 de agosto compré un rico pastel en la mejor panadería que conocía, encendí velas alrededor de la lámina de chocolate con el rostro de mi oshi dibujada en ella, la publiqué en mi historia de Instagram y me lo comí entero. Empecé a verme en dificultades cuando iba por la mitad, pero sentí que rendirme en ese momento hubiera sido como traicionar tanto a mi oshi como al pastel, así que me ayudé del jugo de las fresas para hacer pasar la crema batida que se quedaba adherida a mi garganta. Después de haberme forzado a introducir un pastel entero en mi encogido estómago, sentí náuseas por la subida de azúcar y vomité. Fui al baño, estimulé el dorso de mi lengua con dos dedos, y se me abrió la garganta y el olor de lo que había vomitado precedió al sabor, desde mi garganta hasta el entrecejo. Los bordes de mis párpados se tensaron y las lágrimas brotaron. Al sonido del aire saliendo de mi cuerpo le siguió inmediatamente un grueso flujo de vómito de sabor dulce. Varias gotas de agua salpicaron de la taza a mi mejilla. Me limpié los dedos sucios con un trozo de papel higiénico y tiré de la cadena. A medida que continuaba, el hueco en mi abdomen se retorcía y punzaba de dolor. Al frotar mis manos bajo el agua, me miré en el espejo y vi a una mujer con los ojos inyectados en sangre. Mantuve el contacto visual con ella, distraídamente, me enjuagué la boca y vi una pequeña cantidad de sangre y ácido estomacal mezclada con el agua mientras se arremolinaba por el desagüe. Desprendía olor. Mientras mis piernas subían las escaleras y mis brazos se aferraban al pasamanos, en algún momento se convirtió en una lucha regresar a mi habitación, y me pregunté si esta lucha era lo que estaba buscando.

Comencé a notar que anhelaba empujar mi cuerpo a su límite, reducirlo, buscar dificultades. Desprenderme de todo lo que tenía —tiempo, dinero, energía— a cambio de algo que se hallaba fuera de mí misma. Casi como si, al hacer eso, pudiera limpiarme. Que al volcarme en ello y sufrir el dolor a cambio, podría encontrar algún tipo de valor en mi existencia. Actualizaba mi blog todos los días con nuevas publicaciones, aunque no siempre tuviera mucho que decir. Las visitas generales aumentaron, pero cada vez menos personas leían cada publicación. Se volvió agotador estar en mis redes sociales, así que me desconecté de la aplicación. Lo que necesitaba no era acumular visitas o «me gusta». Debía seguir apoyando a mi oshi lo mejor que pudiera.

El tiempo se detuvo en la enfermería. Desde la fría cama blanca, todo parecía alejarse en la distancia: la campana, el ruido del pasillo y el crujir de las hojas del exterior. Aparté mis ojos del fino patrón blanco y gris del techo. Sentí que mi visión se enfocaba en el brillo del riel cromado de la cortina y luego se volvía a nublar. Mi cabeza estaba aturdida, tal vez porque de repente había perdido mucho peso durante el verano, y al haber comenzado el nuevo trimestre mientras mi rutina aún estaba alterada, era incapaz de seguir el ritmo. Puntos rojos como grumos de sangre aparecieron a la derecha de mi campo de visión, y me brotaron granos por toda la cara. Mamá dijo que los granos eran repugnantes. Los consejos que encontré en internet decían que debía lavarme la cara suavemente e hidratarla, pero no tenía tiempo para eso, así que me lavaba la cara varias veces al día y me dejé crecer el pelo para ocultar mi rostro. La sensación era como una versión permanente del mareo que me había dado después de estar demasiado tiempo en el baño, y no había terminado mi tarea y había olvidado mis apuntes de los clásicos, y me dolían los oídos de llevar puestos los audífonos porque tenía que escuchar la canción de cuna *a cappella* de mi oshi toda la noche para poder dormir un poco. Pasaba la mayor parte de mis clases con la cabeza gacha hacia mi escritorio, pero a la cuarta hora, para la clase de inglés tuve que levantarme para participar en una actividad de traducción grupal. La atmósfera del aula era lúgubre por las nubes de lluvia que encapotaban el cielo, y aunque tal vez fueran imaginaciones mías, nadie parecía decir mucho. Aún con la cabeza agachada, me aferré a los lados del escritorio y comencé a moverme. Los grupos se formaban de forma natural y luego se reajustaban, pero al final yo fui la única que quedó de pie, con los codos extendidos y el escritorio colgando de mis brazos. Mi piel se calentó y pensé en las líneas de visión que se enredaban en cada movimiento que hacía para observar las caras que me rodeaban y me quedé congelada. El tic-tac del reloj se incorporó dentro de mi caja torácica.

Mi cuerpo reprodujo automáticamente ese sentimiento de unas horas antes y me acurruqué. Estaba a punto de fundirme en el sueño cuando la enfermera movió ligeramente la cortina y dijo:

—Hola, ¿Akari? El señor Arishima quiere hablar contigo —me senté. Mis tripas, que se habían movido mientras estaba acostada de lado, se tambalearon con incertidumbre. Mi tutor aguardaba en la parte de atrás. En la enfermería, todos los profesores parecían diferentes de cuando estaban en el aula o en la sala de profesores.

—¿Qué ocurre, Akari? —preguntó con un tono burlón o de perplejidad. Tenía alrededor de treinta y tantos años y apenas movía la boca cuando hablaba. Su voz era baja para el aula, pero apropiada para la enfermería. Me condujo al consultorio en la parte trasera, que se utilizaba para proteger la privacidad de los estudiantes. Apenas nos habíamos sentado cuando dijo:

—He oído que muchos profesores dicen que has estado faltando a clase.

—Lo siento.

—¿Estás cansada?

—Sí.

—¿Por qué?

—Hum, no lo sé.

Enarcó las cejas deliberadamente, poniendo una expresión que parecía querer decir, *Vaya desastre*.

—No es asunto mío, pero tendrás que repetir el año si continúas así. Como estoy seguro de que ya sabes.

Hablamos acerca de que dejaría la escuela si me hicieran repetir y qué haría yo si eso sucediera, un diálogo similar a las conversaciones que ya había mantenido en casa. Luego dijo:

—¿Tienes dificultades para hacer las tareas?

—La verdad es que no soy capaz.

—¿Por qué crees que es así?

Sentí como si algo me comprimiera la garganta. *¿Por qué no puedo hacerlo?* Eso me gustaría saber a mí. Las lágrimas se acumularon en mis ojos, pero antes de que se desbordaran, pensé en lo poco estético que sería derramarlas sobre mis granos y me contuve. Tal vez Hikari no se lo pensaría dos veces antes de llorar en momentos como éste, pero lo encontré caprichoso y abyecto. Sería una derrota para mi cuerpo. Así que separé mis mandíbulas la una de la otra. Relajé mis sienes y alejé gradualmente mi conciencia. El viento soplaba. El aire en el consultorio parecía enrarecerse y me sentí presionada. En lugar de regañarme de frente, el señor Arishima recurría a la persuasión.

—Todavía creo que deberías graduarte. Puedes seguir intentándolo sólo un poco más. Piensa en tu futuro.

Sentí que lo que estaba diciendo era verdad, pero había una voz en mi cabeza que sobrescribía lo que afirmaba diciendo, *Pero mi presente ya es demasiado.* Estaba perdiendo la capacidad de distinguir entre lo que necesitaba aceptar y aquello de lo que podía huir para protegerme.

✳

Descubrí que había reprobado el penúltimo año de la secundaria un mes antes de graduarme. Después de la reunión, mamá y yo caminamos a la estación de tren. Me sentía de la misma manera que cuando iba a la enfermería o regresaba temprano a casa —como si el tiempo hubiera sido arrancado y suspendido en el aire—, con la excepción de que ahora era aún más fuerte y el sentimiento parecía haberla infectado a ella también. Aunque no habíamos llorado, ambas parecíamos bañadas en lágrimas mientras caminábamos. Las cosas parecían extrañas. Habíamos decidido que yo renunciaría, ya que probablemente repetir no supondría ninguna diferencia.

Solía escuchar las canciones de mi oshi de camino a la escuela. Cuando iba a la estación, caminaba al ritmo de una balada lenta los días que tenía tiempo o de nuevas canciones más animadas cuando tenía prisa. El ritmo de la música cambiaba por completo el tiempo que tardaba en llegar. Su música controlaba mi paso, el ritmo de mis piernas.

Controlarme a mí misma requería energía. Era mucho más fácil dejarme llevar por la música y que ésta me moviera como un tren o una escalera mecánica. De camino a casa, a veces notaba que las personas que iban sentadas en el tren tenían expresiones serenas y despreocupadas. Creo que era porque ellas se sentían seguras de saber que iban a alguna parte. El alivio de saber que estaban avanzando, a pesar de que no se estaban impulsando a sí mismas, les permitía sentirse en paz mientras hablaban por teléfono o echaban una cabezada. También en las salas de espera. En una habitación donde incluso la luz del sol era fría, envuelta en tu abrigo, el simple hecho de saber que había algo que estabas esperando podía ser suficiente para proporcionarte una cálida sensación de alivio. En casa, en tu sofá, bajo una manta envuelta en tu propio olor y calor corporal, se acumulaba una sombría ansiedad por cada momento que pasabas jugando o durmiendo la siesta mientras el sol se desplazaba por el cielo. A veces era más difícil estar sin hacer nada que haciendo algo.

Mi hermana se enteró de que dejaría la escuela por el chat del grupo familiar.

Ella respondió:

< Está bien. Debe haber sido una decisión difícil. Lo hiciste lo mejor que pudiste. >

Luego, más tarde, entró en mi habitación de repente y dijo:

—Hola. Sé que probablemente te sientes mal. Pero tómate un descanso por un tiempo.

Miró incómoda alrededor de mi habitación azul. Mamá entraba continuamente, pero ahora me preguntaba cuánto tiempo había pasado desde la última vez que mi hermana me había visitado desde su habitación contigua a la mía.

—Sí. Gracias.

—Está bien —dijo ella. Su entonación era ambigua, ni una pregunta ni declaración.

Yo confirmé:

—Sí.

La persona que menos había podido aceptar que lo hubiera dejado era mamá. Ella tenía un ideal preconcebido, al que ahora mismo su entorno no se ajustaba en ningún aspecto. No sólo su hija menor había abandonado los estudios, sino que la salud de su propia madre anciana estaba fallando y su nuevo médico era desagradable con ella. Su empleada directa estaba embarazada, lo cual le complicaba la situación a mamá. La factura de la luz estaba subiendo. Las plantas que la pareja de al lado habían sembrado estaban invadiendo nuestra propiedad. El trabajo de papá retrasaba su visita a casa. El asa de su sartén nueva se había desprendido, pero el repuesto del fabricante no había llegado, a pesar de que había llamado hacía una semana.

Su insomnio parecía empeorar cada día. Decía que le estaban saliendo más canas y se pasaba el tiempo buscándolas, examinándose la cabeza en el espejo. Sus ojeras se hicieron más notorias. Mi hermana provocó el enfado de mamá una vez al comprarle un corrector que la gente en internet decía que escondía la decoloración debajo de los ojos. Mi hermana se puso a llorar. Sus gritos eran tan desgarradores que enfadaron aún más a mamá.

Los suspiros se asentaron sobre la sala de estar como si fueran polvo y los sollozos empaparon los huecos entre las tablas del suelo y las vetas de madera de los armarios. Tal vez, a lo largo de los años, las casas envejecían a través de los sonidos de las sillas arrastradas toscamente y los portazos que se acumulaban como las pelusas y el goteo, el goteo de los gruñidos y el crujir de dientes que lentamente se convertían en podredumbre. La casa tambaleante y medio difunta casi parecía estar pidiendo colapsar, entonces recibimos la noticia de que la abuela había muerto.

Llegué a casa del trabajo después de que me gritaran por un pescado a la parrilla que estaba frío cuando pude servirlo, y encontré a mamá peinándose y cerrando las puertas.

—Nos vamos *ya* —anunció—. La abuela ha muerto.

Mamá le pegó un apretón al control y apagó la televisión. Las luces fluorescentes y la ventilación estaban apagadas, lo cual creaba sólo silencio, y mi hermana, ya con los ojos rojos, rellenaba botellas de plástico con agua.

—Ve a cambiarte.

La noticia salió de la nada. Era como si hubiéramos estado caminando con una bolsa de chocolates envueltos individualmente y de repente alguien nos hubiera dicho que nos habíamos comido el último que quedaba.

En el coche, nadie dijo nada durante un rato. Sólo mamá lloraba, aunque parecía calmada, y conducía. Su expresión era tensa y las lágrimas rodaban por su rostro. Se las limpiaba mecánicamente, como si quisiera dar a entender que le impedían ver la carretera. Cuando llegamos a la autopista, mi hermana se volvió de espaldas a mí para ver pasar las luces a gran velocidad en coloridos borrones. Me llegó una notificación, era un mensaje de Narumi en el que me preguntaba si podíamos hablar esta noche. Por las palabras de Narumi, imaginé su rostro antes de que se hiciera la cirugía plástica. Se había puesto párpados dobles en las vacaciones de invierno, justo antes de que yo dejara la escuela. Sus ojos todavía estaban hinchados cuando retomamos las clases. El resto de estudiantes murmuró al respecto con poco entusiasmo, pero nada de eso quedó registrado en sus ojos, que se abrían más cada día que pasaba. Ella sólo tenía ojos para su oshi. Yo respondí <¡OK!> con un sticker vocal de Maza Maza. Presioné «enviar» y desde mi teléfono, la alegre voz de Sena gritó «¡Okay!». Mi hermana se movió un poco, pero siguió mirando a través de la ventana.

★

Mientras mamá iba al hospital a acompañar el cuerpo de mi abuela, Hikari y yo llegamos a la casa donde mamá se había criado. Mi hermana colocó los periódicos y los botes de algas viejas y ciruelas encurtidas a un lado de la mesa, y humedeció un paño seco y tieso. Una pasada a la mesa blanqueada por el polvo reveló el color más brillante que había debajo. En la superficie, que reflejaba la forma redondeada de la luz fluorescente del techo, dispusimos las cajas bento que habíamos comprado en una tienda sin nombre y colocamos los palillos desechables. El pollo frito y el *katsu* parecían más grandes que los que vendían en la tienda de nuestro barrio. Le pregunté:

—¿Vas a comer? —y ella respondió:

—Creo que no, pero adelante —y miró el reloj.

Encontré un par de sandalias en la terraza y salí al jardín. Había un muro de piedra y un estanque que mostraba un reflejo poco preciso de la luna. Llamé a Narumi, quien atendió al primer timbre.

—¡Yuju!

Noté que su voz todavía me hacía pensar en su antiguo rostro.

—¿Cómo estás? —le pregunté.

—¡Ha pasado mucho tiempo! —dijo ella.

—Sí.

—Echo de menos verte en el tren.

—He estado ocupada con algunas cosas.

—Entiendo.

—Sí.

Se hizo un corto silencio.

—Pero ¿qué te pasa? —le pregunté

—¿Lo imaginas? Presta atención, se trata de un avance importante.

Había estado haciendo equilibrio en las rocas que bordeaban el estanque mientras hablábamos, balanceándome de adelante hacia atrás sobre las suelas de mis zapatos deportivos, pero volví a poner los pies en el suelo.

—¿Qué es? Cuéntame, cuéntame.

—Hemos conectado.

—¡Guau! —exclamé. Un pequeño insecto volador tocó mis labios abiertos y lo alejé rápidamente. Empecé a sentirme mareada, así que me senté pesadamente en la terraza.

—Lo conseguiste, vaya, me alegro por ti.

—Es el efecto del doble párpado.

—De ninguna manera se trata de eso.

—No, de verdad.

Su voz sonaba como si lo dijera en serio. Incluso podría imaginarla poniendo su cara *cien por ciento seria*.

—Le gustan mucho los ojos grandes y anchos con pliegues paralelos. Actúa de manera diferente desde que los tengo. Lo dijo incluso en nuestra cita.

—Espera, ¿están saliendo?

—Bueno, es como... no estamos saliendo, pero...

Aún con mis sandalias puestas, rodé sobre mi espalda, y al mismo tiempo, exhalé y dije:

—¡Guau! Estás bromeando. ¿De verdad? Eh...

—ahora yo era quien tenía una expresión de sorpresa similar a un emoji, apuntando al techo. Sentía que, si expresaba emociones sencillas, llegaría el momento en el que podría convertirme en una persona sencilla. Hablamos de tonterías durante un rato y luego colgamos.

El olor del mar nocturno llegó hasta mí. El agua estaba justo detrás de la pared de piedra cubierta de musgo. Me imaginé el mar grasiento retumbando portentosamente. Sentí que algo peligroso y desestabilizador surgía de las profundidades de mi conciencia. Recordé cómo reaccionó mi abuela cuando murió mi abuelo, y este recuerdo quedó engullido al instante en la oscuridad del mar. Me imaginé sus últimos momentos, y luego eso también fue borrado por el agua.

Intentando escapar del terror, regresé a la sala de estar. Mamá había vuelto y papá, que había obtenido un permiso de trabajo, también llegó. Todos nos quedaríamos en la casa de mi abuela hasta el entierro.

Desbloqueé mi teléfono. Vi videos antiguos que estaban disponibles de forma gratuita, puse la calidad en el nivel más alto y tomé capturas de pantalla. Descargué fotos espontáneas exclusivas del club de fans. Mi oshi era permanentemente encantador. Pero no me refiero al tipo de encanto que tienen el color rosa, los adornos o los lazos adorables. Tampoco se trataba sólo de su apariencia. Era más como el compromiso del cuervo con los siete pollitos de la canción para niños.[8] El tipo de amor protector que hacía que tu corazón doliera más fuerte que cualquier otra cosa, y que yo no podía imaginar que cambiara en el futuro sin importar lo que él hiciera o lo que sucediera.

—¿Hay un secador de pelo por aquí? —preguntó mi hermana, acariciando su cabello con la toalla descolorida alrededor de su cuello.

Mamá tomó aliento y dijo:

—Sí, tal vez —y siguió viendo el programa de espectáculos que transmitían en la televisión.

—Akari, ¿por qué no te bañas tú? —preguntó papá.

—¿No quieres ir tú primero?

—Esperaré.

—Ve ya —dijo mamá—. Ya eres lo suficientemente lenta.

El cuarto de baño, que estaba al final de un pasillo oscuro que olía a humedad, era la habitación más fría de la casa. La bañera era la mitad de grande de la que teníamos en casa. La corriente de aire que entraba a través del hueco de la ventana que daba al norte era extremadamente

---

[8] Aquí parece hacer referencia a «*One for Sorrow*», una canción infantil tradicional sobre los cuervos. Según una antigua superstición, el número de cuervos que se ven indica si uno tendrá mala o buena suerte.

fría, lo cual provocaba un agradable contraste con el agua caliente. Me sumergí en la bañera y me puse a mirar el celular. Me sentía incómoda a menos que estuviera cerca de mi oshi. Durante los últimos días, este dispositivo rectangular había sido como mi habitación de casa.

Apenas tenía fotos de mi familia y mis amigos en mi carpeta de imágenes. La organización no era mi punto fuerte, y mi teléfono y mi computadora portátil no eran una excepción, pero las fotos de mi oshi estaban archivadas en carpetas ordenadas según sus períodos de niño actor, de teatro y de ídolo de la música, para que pudiera acceder a ellas en cualquier momento. Una de mis favoritas más recientes era una foto que publicó en Instagram con el título < Pelo nuevo. He decidido escoger un tono brillante >. La cámara enfocaba su reflejo en el espejo, mientras él saludaba con un signo de la paz, lo cual era lindo. No sonreía, pero era una pose rara para él, así que debía haberse sentido un poco emocionado.

Yo comenté:

< ¿Cómo es posible que siempre tengas un aspecto tan perfecto?... El tono más claro te queda realmente bien. ¡Estoy impaciente por ver el espectáculo! >

< ¿Tiene algo de azul en el pelo? ¿Es un efecto de la luz? De cualquier manera, te queda genial, bien hecho Masaki. >
< Otro festín para mis ojos. Gracias por tu presencia en esta tierra. >

< Siento preguntar, pero ¿esa camisa es de
L'Oiseau Bleu? >
< No puede ser, me *acabo* de teñir el pelo
también. ¿Puede ser esto el destino? jajaja >

Había transcurrido más de un año desde el incidente el pasado mes de julio, por lo que la cantidad de comentarios positivos aumentaba lentamente. Todavía quedaban algunos antiacérrimos, y me sorprendía realmente ver que ahora habían estado siguiendo a mi oshi durante más tiempo que sus fans más recientes. A menudo, eran los fanáticos los que se convertían en detractores después de algún incidente instigador, por lo que tal vez ellos eran los responsables de los ataques que estaban ocurriendo ahora. Los foros anónimos seguían generando interminables rumores sobre sus relaciones con las mujeres. Antes, las mujeres con quien se le relacionaba eran modelos y presentadoras de televisión, pero ahora la víctima de ese incidente en el que se suponía que él la había golpeado también había sido expuesta. *No era una fan, era su novia. Su agencia les obligó a mantenerlo en secreto.* Cuando se descubrió la cuenta de Instagram de la mujer de quien se rumoreaba, los usuarios se dedicaron a investigar, desenterrando pistas como que no hubo *selfies* durante el momento del escándalo o que había una taza en el fondo que se parecía a una que él tenía.

Me senté en el borde de la bañera y dejé mi teléfono junto a la ventana. Había una botella de jabón en el alféizar, y su orificio estaba cubierto de pelos y polvo pegado. Líneas negras diagonales formaban diamantes dentro del cristal de la ventana, y más allá pude ver los colores de la valla y las flores. Cuando uno era una celebridad, el más mínimo detalle podía identificarse o convertirse en un rumor. Salí de la bañera al suelo de baldosas para lavarme el cabello, y cuando me agaché, noté que mi cuerpo reflejado en el espejo alto se veía extrañamente delgado, y sentí que mis fuerzas se drenaban por mis pies.

✴

Cuando regresé a la sala de estar, la conversación había derivado de alguna forma a la búsqueda de empleo.

Me arrellané en el sofá como me dijo mamá, y papá ocupó su lugar frente a mí. Mamá limpió la mesa que estaba al lado de él. Ambos estaban creando deliberadamente una atmósfera tensa. Sentí que el aburrimiento se apoderaba de mí.

Mi hermana era la única que veía la televisión, sentada con las piernas a un lado y secándose el cabello con una toalla. Sus orejas estaban rojas, probablemente por el calor del baño. Miraba hacia otro lado, pero sabía que debía estar nerviosa. Mi abuela, que era un poco sorda, había activado los subtítulos en la televisión.

—¿Cómo te ha ido estos últimos días? ¿Estás buscando trabajo? ¿Qué tal te va? —preguntó papá, huecamente. Apoyó los codos sobre la mesa y se cruzó de brazos. No me gustaba que tratara de ocupar espacio sin ninguna razón para ello.

—No lo está haciendo. Nada. Sigo diciéndoselo. Y una y otra vez, ella me miente. Arremete contra mí diciendo: «Lo hice, lo hice». La verdad es que llamó a un par de empresas, y eso fue todo. No se lo está tomando en serio en absoluto.

Los ojos de mamá se abrieron como platos cuando ella le decía esto a mi padre. Estaba más agitada de lo que nunca la había visto. Tal vez que papá estuviera aquí la alborotaba más o tal vez fuera porque mi abuela ya no estaba. Papá no pareció escucharla y me dijo:

—Entonces, ¿qué ha sucedido realmente?

—He buscado.

—¿Enviaste algún currículum?

—No, llamé.

—Así no irá a ninguna parte —dijo mamá de nuevo—. La misma historia de siempre. Ella hace esto de forma permanente. Cree que puede posponerlo todo.

—Has tenido seis meses. ¿Por qué no has hecho nada?

—No podía —respondí.

Mamá dijo:

—Mentirosa. Tuviste tiempo para ir a todos esos conciertos.

El relleno de espuma amarilla sobresalía del revestimiento de cuero negro falso del sofá.

—Sé que suena duro, pero sabes que tampoco podemos mantenerte para siempre.

Pellizqué el relleno arruinado con mis dedos y hablamos sobre el futuro. Adopté una actitud desafiante y exigí lo imposible, luego, de repente, sentí que me embargaba la indignación por la actitud condescendiente de papá, que salió como una medio carcajada cuando llegó a mi rostro. De repente, recordé algunos tuits suyos que encontré, cuyo estilo de comentario lo revelaban como el típico *boomer*. Había reconocido su sofá verde en una respuesta fotográfica a una publicación de una actriz de doblaje e hice clic en ella asumiendo que se trataba de una coincidencia, pero la imagen era claramente del apartamento de papá.

< Kanamin, vi tu sofá y compré el mismo
(^_^) Trabajando hasta tarde y bebiendo solo
antes de acostarme
(;^_^A) ¡Pero mañana vuelvo a la rutina!
¡Vamos! >

La última letra era una imagen de un signo de exclamación rojo. Había varias publicaciones más con *kaomoji* similares. Papá estaba en el extranjero por trabajo, vestía trajes elegantes y volvía a casa de vez en cuando para decir cosas alegres e insensibles. Me sentí mal por husmear y no revisé el resto de sus publicaciones. Ya no recordaba su nombre de usuario, pero me hacía gracia pensar en él dirigiendo respuestas a esa actriz de doblaje todo este tiempo.

—¿Sigues pensando que esto es una broma?

Gritó mamá al ver mi sonrisa, se levantó y comenzó a temblar. Los hombros de mi hermana se elevaron a sus orejas. Los pedazos del relleno que había estado pellizcando se esparcieron por el suelo.

—Detente, detente —dijo papá, y mamá se quedó callada. Luego, mascullando una especie de queja, subió ruidosamente las escaleras. Mi hermana tomó el teléfono de mamá y la siguió.

Daba la impresión de que algo había cambiado. Papá no parecía estar molesto.

—Si no consigues trabajo ni vas a la universidad, no puedo pagar tus caprichos. Decidamos una fecha límite.

Papá hablaba lógicamente, de una manera orientada a la solución. Continuó con claridad, con calma y con una sonrisa en el rostro propia de las personas que encuentran que las cosas son fáciles. Todo lo que papá y otros adultos decían era obvio, y no había nada que no me hubiera dicho muchas veces antes.

—Tienes que trabajar para sobrevivir. Al igual que en la naturaleza, si no puedes cazar, te mueres.

—Entonces moriré.

—No, no, eso no es lo que estoy diciendo.

Intentaba aplacarme mientras me interrumpía y eso me ponía nerviosa. No entendía nada. Así tenía que ser como se sentía Masaki. Nadie lo entendía.

—¿Entonces qué es lo que estás diciendo? —el tono de mi voz sonaba lloroso—. Sigues diciéndome que trabaje y trabaje. No puedo hacerlo. ¿No sabes lo que me dijeron en el hospital? No soy normal.

—Así que vas a echarle la culpa a eso de nuevo.

—¿La culpa? No se trata de culpa, quiero decir...
—me faltaba el aliento y mi garganta emitió una especie de sonido comprimido. Pude ver por el rabillo del ojo que mi hermana había bajado las escaleras, en silencio, y estaba allí de pie. El color verde de su camiseta se volvió borroso y las lágrimas que había estado conteniendo se derramaron por mi rostro. Detestaba estar llorando. Me sentía resentida con mi cuerpo por abatirme, por hacerme llorar.

Mis sollozos sonaban más fuertes de lo que pensaba que debían sonar.

—Tal vez esté bien —dijo mi hermana, de repente.

Ella estaba mirando a través de la ventana.

Papá empezó a decir algo, pero se detuvo.

—Quiero decir. ¿No es suficiente? ¿Por qué no intentas vivir por tu cuenta durante un tiempo? Seguir así es demasiado para todos.

El sonido de la lluvia que se filtraba por el techo caía como suaves bofetadas en la habitación donde nos encontrábamos. La lluvia de otoño era blanca y fría, y destruía lentamente nuestro vacío hogar.

Al final, decidimos que me mudaría a esta casa, donde mi abuela solía vivir. Me dieron dinero para los gastos de manutención inmediatos y dejé el restaurante. Le dije a mi familia que lo hacía para poder buscar un trabajo de verdad, pero, en realidad, me había olvidado por completo de avisar y recibí una llamada de la señorita Sachiyo.

—Sé que te has esforzado al máximo, pero ya sabes, también somos un negocio —dijo ella—. Lo siento, Akari.

Hace unos días, en el quiosco de la estación de tren, leí un artículo titulado «Masayuki Ueno de Maza Maza, ¿en una aventura amorosa con una joven y misteriosa belleza? El alejamiento de los fans se acelera». Las relaciones románticas no estaban fuera de los límites de su grupo, y él había dicho en una entrevista que con el tiempo quería casarse. El artículo decía: «Los fans están furiosos con el ídolo caído», pero yo no me sentía enojada en absoluto. Sus grandes gafas de sol no combinaban con las bolsas de comestibles que llevaba.

Escuché un sonido que parecía el del grito de un niño en la distancia. Daba la impresión de hervir a fuego lento desde lo más profundo de mis oídos. Los ruidos sonaban extrañamente amplificados al anochecer. Ya casi era la hora de que mi oshi apareciera en vivo en Instagram.

Abrí uno de los paquetes de fideos con pollo que había comprado a granel y puse el contenido en un recipiente. Los fragmentos de fideos rotos se dispersaron. En la mayoría de las transmisiones en vivo, mi oshi solía comer, y cuando él estaba ahí, al menos yo podía sentir algún tipo de apetito, así que lo preparé todo y esperé. Alquilé películas que mi oshi había recomendado y vi humoristas en YouTube que él había dicho que eran divertidos. Cuando daba las buenas noches en una transmisión nocturna, yo me iba a la cama.

Me di cuenta de que tenía que hervir un poco de agua. Puse la tetera en la estufa y coloqué mis pies debajo del *kotatsu*[9] mohoso, justo cuando el comienzo de la transmisión en vivo iluminó la pantalla de mi teléfono.

Los ojos de mi oshi ocuparon la pantalla.

—¿Pueden verme? —preguntó él. Cuando se echó hacia atrás, vi que vestía una sudadera, y se tocó el cabello, el cual llevaba un poco más corto, con una expresión seria y que, sin embargo, tenía un dejo de timidez.

Los comentarios comenzaron a aparecer.

< ¡Puedo verte! >
< Perfecto* >

---

[9] El *kotatsu* (炬燵) es una tabla de madera que se usa en forma de mesa y se cubre por un futón o una manta gruesa. Debajo suele haber una estufa.

< Estoy aquí >
< hola ev1 >
< ¡Estamos conectados! >

Mi oshi se estaba moviendo. En algún lugar, justo ahora, estaba mirando la pantalla de su teléfono.

< ¿Te cortaste el pelo? > Escribí.

< Es mi cumpleaños > comentó alguien, y un segundo después, mi oshi, cuyos ojos habían estado dando vueltas, reaccionó y dijo:

—¿Hoy? Feliz cumpleaños —los comentarios siguieron apareciendo.

< pausa de estudio ~ es la temporada de exámenes orz[10] >
< Masaki ¡Encontré un trabajo! >
< Puedes llamarme Yuka* >

Mi oshi arrugó la nariz, sonriendo sin mover los ojos, pero eso desapareció instantáneamente en la imagen granulosa, y rápidamente tomó una botella de plástico.

—Tengo una Coca-Cola. Y viene en camino un pedido de sushi y ensalada, más gyoza.

---

[10] Orz es un emoticono que representa a alguien que se ha caído o que está inclinado de rodillas y quizás golpeándose la cabeza contra el suelo. La o representa la cabeza, la r los brazos y la parte superior del torso, y la z el resto del cuerpo y las piernas.

< Vas a engordar jajaja >
< ¿No es caro pedir a domicilio? >
< Yo también lo uso, es muy útil. >

Mi oshi miraba de esta manera con la cara apoyada en un brazo. Me di cuenta por sus ojos vacilantes que se preguntaba a qué comentarios reaccionar, pero su rostro distraído era tan lindo que le hice una captura de pantalla. Lo capté con los ojos cerrados, así que lo intenté un par de veces más, tratando de capturarlo bien. Noté que tenía un cojín y un osito de peluche en el sofá del fondo. Eso era algo inesperado. Mencionó que tenía fobia a los trajes con pelaje, que posiblemente provenía de cuando estuvo en un programa educativo para niños cuando era joven: «No sé con certeza de dónde viene, pero sigo sin poder estar cerca de esos grandes disfraces de animales. Tampoco me atraen mucho los animales disecados».

Dejé estas palabras claramente registradas en la hoja de papel archivada bajo la etiqueta «Vulnerabilidades», en la carpeta que había sacado del estante. Sonó el timbre y mi oshi dijo:

—La comida está aquí, un momento —y se levantó. Se escuchó un golpe y mi visión dio vueltas. Su teléfono debía haberse caído de donde fuera que estuviera apoyado. Vi una parte de pared y la vista a través de la ventana.

—¡Uy! —dijo, volviéndolo a colocar—. Lo siento.

De repente me dio la impresión de que me había hablado directamente a mí, y tuve una sensación de timidez. Cuando el otro lado de la pantalla quedó en silencio, escuché algo a través de mis audífonos. Me los saqué de los oídos. El chisporroteo se hizo más fuerte, fui a la cocina y vi que el agua estaba hirviendo. Apagué el gas y vertí el agua en un tazón con mi mano izquierda, casi dejando caer el teléfono de mi otra mano. Mi oshi estaba de regreso y se reía a carcajadas, lo cual era raro. «¡Oh, no!», pensé. Me había perdido lo que fuera que le hubiera hecho reír. Quería volver hacia atrás, pero también quería presenciar la emisión en tiempo real, así que tendría que volver a verlo más tarde. Técnicamente, tal vez había un retraso, pero sentía que, a diferencia de un CD o un DVD que ya habían sido editados, una pantalla que mostraba una transmisión que estaba sólo a unos segundos de diferencia del tiempo presente, retenía algo del calor corporal de mi oshi. Al otro lado de la ventana, que había cerrado por completo cuando encendí la calefacción, la pared de piedra se oscureció de arriba abajo con un chubasco nocturno repentino.

La caja de sushi que mi oshi mostró cuando volvió no contenía más que salmón a la plancha, y mucha gente le tomó el pelo en los comentarios. Él tenía la costumbre de comer sólo sus alimentos favoritos

< ¿No te aburres? >

—Quiero comer sólo lo que me gusta —dijo con resolución—. Salmón a la plancha, ñam —se llevó otro trozo a la boca, como si tratara de evitar que se le rompiera en una sonrisa. Insistió en detenerse para recoger hasta el último grano de arroz perdido, guardando silencio cada vez que lo hacía. Yo estaba en la penumbra de la sala de estar, mascando un montón de fideos a medio cocinar. Un comentario apareció en la pantalla.

< ¿Chupándoles la sangre a tus fans ahora que la venta de entradas está por los suelos? >
< Quédate en el basurero de donde saliste, maldito pedazo de basura. >
< ¿Quién pagaría por ver a este pos[11]? ¡Borregos! >

La misma cuenta hizo los tres comentarios, así que era imposible que mi oshi no los hubiera visto. Por lo general, dejaba pasar comentarios como éstos sin siquiera pestañear, pero esta vez, con una voz en la que la rabia era un poco más evidente que en la televisión o la radio, dijo:

—No necesito que ninguno de ustedes venga a ver el espectáculo. No nos faltan fans —dejó sus palillos. Los comentarios perdieron velocidad.

Mi oshi ajustó los cojines que estaban detrás de él en el sofá varias veces hasta que quedaron a su gusto, como si fuera su mente la que estuviera poniendo en orden.

—Por otro lado —dijo, y tomó aire—, éste será el último *live.*

---

[11] Parece que hace referencia a los datáfonos con los que se hacen los pagos con tarjeta de crédito en los locales comerciales.

Las palabras sonaron como si las hubiera expulsado desde su pecho. Fui incapaz de asimilarlas por completo. Otras fans en los comentarios también estaban esforzándose por entenderlas. Tal vez fuera por el retraso, pero algunas personas seguían respondiendo al detractor.

—Tal vez éste no sea el lugar correcto para decirlo, pero el anuncio estará disponible pronto en el sitio web. Así que quería que lo escucharan de mí primero.

Mi oshi le quitó la tapa a la Coca-Cola con un chasquido. La inclinó una vez y la vació justo hasta debajo de la etiqueta.

—¿Que si estoy dejando la banda? No, no soy sólo yo. Nos estamos separando.

< ¿Eh? >
< ? ? ? >
< espera, espera, espera >
< hum >
< ¡NOOOOO! >

Una oleada de comentarios confusos fluyó en el lapso de una fracción de segundo. Entre ellos, algunos decían:

< Y como de costumbre, el mundo gira en torno a Little Lord Masaki... >
< Masaki, eres mi favorito, pero ¿no estás siendo un poco egoísta? ¿Qué pasa con los otros miembros del grupo? >
< Vaya, anunciarlo antes de la cuenta oficial, no ... >

< Deberían haberse separado ya en lugar de prolongarlo inventando excusas. >

Mi oshi miró la hora y dijo:

—Sería mejor que reservara el resto de la información para la rueda de prensa —se quedó en silencio, siguiendo los comentarios, que pasaban a una velocidad increíble, y asintiendo. El asentir no parecía dar respuesta a ningún comentario específico.

—No, lo siento. Pero quería que todos los que están aquí lo supieran primero. No es lo mismo que si estuviera hablando en una conferencia de prensa. No me gusta cuando las cosas son tan parciales.

< Lo siento, pero ¿quién es el parcial aquí? >
< Por favor, ¿puede ser esto falso? >
< Guau, me siento un poco abandonada jajaja >
< Así que, ¿el anuncio será mañana? >
< estoy llorando >
< ¿Eso ha salido de la nada o qué? No estaba preparada. >

—Perdón. Sé que estoy siendo egocéntrico otra vez. Lo sé —y sonrió irónicamente. Gracias por todo, por aguantar a un tipo como yo.

En medio del torrente de comentarios ofendidos, noté que mi oshi nunca antes había usado esas palabras: «un tipo como yo».

Saludó y se despidió, pero no terminó la conexión de inmediato, sino que leyó los comentarios. Estaba esperando algo. Yo también quería añadir algo, pero no encontraba las palabras adecuadas. Después de un rato, mi oshi respiró hondo, como si supiera que no había un momento adecuado para detenerse, y cortó la conexión.

Después de que terminara, noté que la lluvia había dejado de caer. Los pájaros volaban por el cielo, a través de la puesta de sol. Los observé desaparecer en la distancia sobre el muro de piedra y noté que mi cuerpo estaba en punto muerto.

Las luces fluorescentes se reflejaban en cada una de las gotas de aceite que flotaban en el líquido con sabor a pollo. Los trozos blanqueados de fideos se aferraban a los lados del tazón. En tres días, el líquido se secaría y se pegaría al fondo. En una semana, comenzaría a emitir mal olor, y tardaría un mes en desvanecerse en el ambiente. A veces mamá venía a verme y me hacía limpiar la sala y la cocina, pero el lugar se volvía a ensuciar de inmediato. La habitación estaba llena de objetos, y cuando me abrí paso a través de ella, una bolsa de plástico negra mojada con jugo de piña de quién sabe cuándo, se quedó pegada a la planta de mi pie. Sentí que me picaba la espalda y decidí darme una ducha. Salí al jardín a buscar mi ropa interior y mi pijama directamente del tendedero donde se estaban secando, y me detuve.

Había notado la lluvia y la ropa por separado, pero no había conectado una cosa con la otra. No sabía cuántas veces me había sucedido esto desde que me mudé aquí. Prendas teñidas de oscuro por la lluvia se amontonaban en la barra inclinada del tendedero, y mientras escurría una toalla de baño preguntándome si necesitaría volver a lavarla, el sonido contundente del agua cayendo al suelo resonó en el vacío dentro de mí. El peso del agua que caía sobre la hierba parecía todo lo que me había estado presionando, y exprimí todo lo que llevaba en la mano y lo dejé allí. Pensé que probablemente se secaría otra vez.

El peso todavía me tenía presa de sus garras. Ya llevaba en casa de mi abuela cuatro meses. Aún no sabía por dónde empezar a buscar trabajo, y en una entrevista con una empresa local que encontré al azar en internet, no fui capaz de explicar por qué había dejado la escuela. También fui a entrevistas para trabajos de medio tiempo. Me hicieron preguntas similares, y tampoco supe qué responder, y desde entonces dejé de buscar.

Se me ocurrió la idea de comprar una Coca-Cola y beberla hasta justo debajo de la etiqueta como había hecho mi oshi, así que guardé mi teléfono y mi billetera en mi bolsillo trasero, agarré un abrigo ligero y salí por la puerta. Todo el mundo estaba caminando. Los niños caminaban como si rociaran algo desde las palmas de sus manos enguantadas y jugaban al salto de la rana con bebés en cochecitos; cuanto mayor se hacía la gente, más se movía en paralelo al suelo, como si llevaran algo que no quisieran derramar. Bajé la colina, y la cafetería que se encontraba en el lado derecho estaba encendiendo su señal luminosa de «CAFETERÍA». LA OSCURIDAD COMENZABA A CAER.

Ni siquiera tenía suficientes monedas en mi billetera para comprar una Coca-Cola. Proveniente de algún lugar del enorme estacionamiento de la tienda de comestibles, junto a la carretera principal, pude escuchar el maullido de un gato. Me acerqué al cajero automático y dejé que se tragara mi tarjeta. Parecía que podría retirar tres mil yenes, pero debí haber introducido mal la clave porque escuché que decía: «Ha ingresado un PIN incorrecto. Por favor, comience de nuevo», y esta vez escribí la fecha de nacimiento de mi oshi cuidadosamente. Mamá había transferido dinero a la cuenta bancaria que había abierto para mí tres veces antes de que llegara al límite y decirme que me mantuviera por mí misma.

«Iré pronto». «¿Cuándo encontrarás un trabajo?». «No puedo seguir haciendo esto».

Este mes había menos dinero, pero todavía me quedaba algo. Compré una Coca Cola en la tienda y me la bebí junto a un hombre que estaba fumando un cigarrillo y tenía los hombros encogidos por el frío. El áspero burbujeo de la carbonatación volvió a subir por mi garganta cuando debería haber bajado. Sentí mi pecho burbujear y supe que el invierno no era buen momento para beber una gaseosa. El humo del cigarrillo se filtró en la membrana de mi rabillo del ojo y mis labios se separaron de la botella. Miré y vi que el líquido todavía estaba por encima de la altura de la etiqueta.

Un ídolo se vuelve humano. Mi oshi diría probablemente: *si me ves en la calle, por favor, no digas nada. Ahora soy una persona normal.* Dijo esas palabras casi textualmente en las noticias la tarde siguiente.

Daba la sensación de que la rueda de prensa era una especie de disculpa pública. Todo el grupo vestía con trajes oscuros y sólo los colores claros de los cuellos de sus camisas, en versiones pálidas de los colores de cada uno de sus miembros, indicaban lo contrario. Cada fogonazo de la cámara proyectaba los ojos avellanados de mi oshi. Había sombras oscuras bajo sus ojos. El grupo hizo una reverencia, pero los ángulos eran todos diferentes. Akihito fue quien se inclinó más abajo, mientras que el menos pronunciado fue el de mi oshi. Aparte de él y Mifuyu, que ya tenía la cara enrojecida, los otros dos mantenían las comisuras de sus bocas arqueadas como si estuvieran suspendidas de un hilo.

Akihito agarró el micrófono y dijo:

—Gracias a todos por estar aquí hoy.

Comenzaron las preguntas. Abrí mi bloc de notas y dibujé viñetas en el costado: «Avanzar a la siguiente etapa». «Paso positivo para cada uno de nosotros». «Decisión de mutuo acuerdo». Escribí y escribí, pero era incapaz de ver por dentro lo que decían. Cada uno de los cinco, separados a lo largo de una mesa larga y blanca, decía algunas palabras. Ahora era el turno de mi oshi.

«… Después de esta ruptura, yo, Masaki Ueno, también me retiraré del mundo del espectáculo. Si alguno de ustedes me ve en algún lugar en el futuro, me alegraría que lo hiciera desde lejos, no como a un ídolo o artista, sino como a un ciudadano que tiene su vida privada…».

Sus palabras se acercaron tanto a lo que yo había predicho que ni siquiera me resultó divertido, pero lo que más me sacudió fue el anillo de plata en el dedo anular de su mano izquierda. Por la forma en que cruzó la mano izquierda sobre la derecha, claramente no tenía intención de ocultarlo, de hecho, tal vez pretendía que fuera una especie de anuncio silencioso. La rueda de prensa concluyó, pero algo en la forma en que dijo: «Yo, Masaki Ueno…», se quedó pegado en mi oído, como un objeto extraño.

La ruptura, el concierto final y su rumoreado matrimonio incendiaron Internet, incluso más que cuando ardió en llamas. En un momento, «La boda de mi ídolo» fue incluso tendencia.

< Esperen, esperen, esperen, ¿cómo sucedió todo esto? >
< Mifuyu no parece feliz… pobre chica. >
< Siempre quise despedir a mi oshi con una sonrisa, pero, dios, no puedo dejar de llorar. >
< Un momento, ¿ese anillo? NO es una simple joya de adorno. >
< Irrumpiré en la boda de mi oshi y dejaré un millón en efectivo como regalo de despedida. >
< ¿La razón por la que se están separando es este chico? >

< Échenlo y problema resuelto, ¿no? >

< ¿¡¿¡¿¡Por quiénes nos toman a nosotros los fans?!?!?! ¿¡¿¡¿¡Después de todo el dinero que hemos gastado en ustedes?!?!?! ¿¡¿Eh?!? ¿¡¿¡¿¡Al menos tengan la decencia de esconderlo!?!?!? >

< Hoja de antecedentes penales para este pedazo de basura en llamas →→→ Se prendió fuego a él mismo agrediendo a una fan →→→ Filtró la separación del grupo antes del anuncio oficial →→→ Hizo alarde del rumoreado matrimonio en la rueda de prensa →→→ Se sospecha que la prometida es la víctima del asalto. Es un momento delicado para ser fan de Masaki. >

< No he comido desde que me enteré. He estado dando vueltas y vueltas en espiral. No entiendo por qué tuvo que hacerle esto a Akihito cuando podría haberse casado y haberse ido a la mierda. >

< Oye, esto parece una buena noticia. ¡Felicitaciones! >

< Me acaba de decir un antiguo amigo otaku que al menos Sena seguirá siendo una celebridad después de la ruptura ~:) hum, hola, ¿tu oshi es la razón por la que nunca más podré ver a mi oshi como ídolo nunca más? :)) >

< Mis queridas compañeras fans, ¿saben lo que esto significa...? ¡¡¡Si morimos ahora podríamos nacer como hijos de Masaki!!! Los veré en la próxima vida. >

< Entonces, ¿se ha comprometido con esa chica a quien agredió? ¿De verdad? >

Me sentí atraída hacia la pantalla desde las puntas de mis ocupados pulgares, ahogada en el oleaje de voces. Recordé la vez que me perdí después de clase y terminé deambulando por Shibuya, intentando llegar a una proyección anticipada de una película protagonizada por mi oshi. Zapatos deportivos, zapatos de cuero, tacones de aguja y demás zapatos de todas las formas y tamaños golpeaban el pavimento irregular y las sucias baldosas que repetían un patrón mecánico interminable en la distancia. El sudor y la suciedad de la gente se incrustaban en los bordes de las escaleras y los pilares que atravesaban los edificios, y su aliento fluía de los compartimentos interconectados de los vagones del tren. La gente corría hacia las escaleras mecánicas que la succionaba hacia edificios con pisos apilados uno encima del otro como si hubieran sido copiados y pegados. La gente se movía dentro de muros de repetición irreflexiva. Cada mensaje estaba delimitado por un borde rectangular con una foto de perfil circular recortada, y cada uno de ellos celebraban y recriminaban en la misma fuente exacta. Mi comentario era uno de ellos, y yo también.

Pensé que había dejado de moverme, pero de repente, como si alguien me hubiera empujado el hombro por detrás, mis ojos se detuvieron en un comentario. Se destacaba como la espalda en retroceso de la persona que me había empujado en la multitud.

< Puf, lo han delatado. >

Seguí el enlace a la noticia como si me estuviera succionando.

El origen era una historia de unos meses atrás.

< Acabo de hacerle una entrega a domicilio
nada menos que al mismo Masaki Ueno. >

La publicación se eliminó rápidamente, pero una captura de pantalla circuló, y del historial de comentarios del usuario que lo había compartido, la gente calculó la zona donde vivía. Entonces, una referencia cruzada con el atisbo del panorama de la ventana de la emisión en vivo en Instagram de ayer identificaba el edificio de apartamentos de mi oshi. Era pura mala suerte que lo hubieran delatado justo después de pedirles a los fans que lo trataran como a un ciudadano con una vida privada. Algunos fans no podían resistirse a intentar captar un vistazo de él. Si su prometida también vivía allí, existía la posibilidad de que, de alguna forma, ella también se viera perjudicada.

Ninguna de la información que nos habían dado desde anoche parecía verdadera. Sólo podía sentirla aún en el exterior de mí misma. Estaba siendo incapaz de asumir el impacto de perder a mi oshi.

Necesito dárselo todo, pensé. *Es todo lo que tengo.* Era la cruz que yo tenía que llevar. Mi forma de vivir era creyendo en él. Juré dar el todo por el todo en el concierto final.

El viento soplaba con fuerza. El clima había empeorado tan pronto como el día había comenzado e incluso había oscurecido y humedecido el interior de los muros de hormigón que rodeaban el edificio. Un trueno dejó escapar un sonido como si estuviera abriendo una brecha en el cielo, y los destellos blancos exponían las grietas en las paredes y los restos de burbujas de aire en el cemento. La punta de la grieta serpenteaba hasta el tocador. En el interior, los colores chocaban contra las paredes blancas y cubiertas de espejos. Cintas verdes, vestido amarillo, minifalda roja. Creo que mantuve contacto visual en el espejo con una mujer con sombra de ojos azul que se estaba aplicando maquillaje bajo sus ojos enrojecidos. Sin dejar de acompañar el hilo de su mirada, entré en el patio de butacas siguiendo las indicaciones del acomodador que decía: «Siguiente espectador, por favor». Mi excitación llegaba a las puntas de mi cabello que caían alrededor de mis hombros. Fluía rápidamente, con suavidad y calidez detrás de mis oídos y provocaba que mi corazón latiera inquieto.

Desde el momento en que comenzó el concierto y escuché que la gente comenzaba a cantar por mi oshi, existí únicamente para gritar su nombre, para adorarlo. Segundo a segundo, mientras lo seguía y levantaba los puños en alto, coreaba los cantos y las melodías, saltaba arriba y abajo, y los jadeos de la respiración forzada de mi oshi resonaban en mi garganta y sentía que me ahogaba. Veía en las pantallas gigantes cómo el sudor brotaba de él y mis costados chorreaban en respuesta. Acogerlo en mí, despertaba mi verdadero ser. Mi oshi sacaba de mí algo a lo que yo había renunciado, algo que normalmente escondía y a lo que volvía el rostro por pura supervivencia. Por esa razón tenía que intentar analizarlo, comprenderlo. A través de conocer su existencia, intentaba sentir la mía. Amaba los movimientos de su alma. Y cuando yo bailaba, intentando con todas mis fuerzas hacerlo a su ritmo, también amaba mi alma. *Griten con todas sus fuerzas,* nos decía mi oshi con su cuerpo: *Griten con todas sus fuerzas.* Así que lo hice. Como si algo fuertemente enrollado se hubiera liberado de repente y hubiera derribado todo a su alrededor, como si estuviera arrojando todo el peso de mi agobiante vida, grité.

El cierre de la primera mitad del concierto fue un número en solitario de mi oshi. Flotaba bañado por la temblorosa luz azul como si estuviera en el fondo del mar, y cuando pulsaba las cuerdas de su guitarra con la punta de los dedos de su mano izquierda, el destello plateado de su anillo parecía algo puro y sagrado. Era algo propio de él no quitárselo para el espectáculo. Empezó a cantar, casi como si estuviera hablando, y vi cómo aquel niño que había sido, ahora se había convertido en este hombre. Ya era adulto desde hacía mucho tiempo, pero yo acababa de percibirlo en este instante. Donde una vez se había lamentado, diciendo, «¡No creceré!», ahora usaba sus dedos con ternura, como si acariciara algo precioso. Poco a poco, la música ganó en intensidad. El bajo y la batería se unieron a su alrededor, y él los reunió con su voz. Fue una interpretación totalmente diferente a la del álbum, en la que parecía estar ocultando algo todo el tiempo. Mi oshi había absorbido el calor del lugar, las luces azules y todo nuestro aliento en sí mismo para crear la canción que estaba cantando ahora con sus labios pintados de rojo. Sentí que estaba escuchando la canción por primera vez. En el mar de barras luminosas de color azul, la sensación en la sala de conciertos que contenía a miles de personas era claustrofóbica. Pero mi oshi nos envolvió en su cálida luz.

★

Me senté en la tapa del inodoro. Un escalofrío me recorrió la espalda. Era como cuando mi cuerpo se enfriaba más rápidamente después de sudar o de salir de un baño caliente; después de un subidón, la sensación de frío era aún más intensa que antes. En el angosto cubículo del baño, un escalofrío negro como la boca del lobo, que nunca antes había experimentado, recorría mi cuerpo desde lo más profundo de mí cada vez que mi mente retrocedía sólo los cinco minutos previos.

Creo que *es el fin. Lo adoro, aprecio y respeto muchísimo, y aun así, es el fin.* Las cuatro paredes del cubículo del baño me habían aislado del mundo exterior. Mis órganos, que había sentido contraerse por el exceso de excitación, se congelaban uno por uno. A medida que el frío se extendía lentamente por mi columna, pensé: *No. Por favor, no.* Suplicaba una y otra vez, no estaba segura de a qué o quién. *No, no me quites mi columna vertebral.* Sin mi oshi, realmente no podré sobrevivir. No sabré quién soy.

Sentía mis lágrimas como un sudor frío, y mi orina se derramaba y emitía un sonido insípido. Me sentía sola. Esta insoportable soledad hacía temblar mis rodillas.

La mujer con la sombra de ojos azul estaba de pie cerca de la puerta del baño, hablando por teléfono. Consciente de su mirada que examinaba la pantalla, puse el bolso bajo el brazo y me fui, y me encaminé de vuelta a mi asiento. Mi teléfono estaba en el fondo del bolso, con una aplicación de grabación de voz que todavía estaba activa. Quería estar de vuelta en la sala llena de calor tan pronto como fuera posible. Quería que la canción de mi oshi latiera a través de mí para siempre. No sabía qué haría después de presenciar sus últimos momentos y quedarme sin nada a lo que agarrarme. Sin mi oshi, no podría ser yo. Mi vida sin él era sólo una vida después de la muerte.

Queridos amigos:

Como estoy segura de que todos saben, el final de la gira en Tokio marcó el retiro de mi oshi, Masaki Ueno. Para ser honesta, debido al hecho de que el anuncio fue tan repentino, todavía no lo he asimilado completamente, pero sé que en el pasado he podido procesar las cosas escribiendo aquí y, lo que es más importante, me gustaría escribir esto mientras su imagen aún está fresca en mi memoria.

Para el gran día, opté por un aspecto Team Masaki total, con un lazo azul que hacía juego con mi vestido estampado de flores azules favorito. Es una pena cuando el color de tu oshi es el azul, incluso el azul más brillante te hace sentir más frío cuando todavía es temporada de vestir con abrigo. Como suele suceder en los eventos otaku, vi a muchas chicas con atuendos combinados en el tren camino a la sala de conciertos que eran claramente de la misma convicción, lo cual me hizo sonreír. Había tomado el primer tren de la mañana, pero encontré que el puesto de mercancía oficial ya me estaba esperando cuando llegué. Me compré la barra luminosa de edición limitada, la toalla de la gira, el set completo de fotos del espectáculo de Osaka, y, por primera vez, también la sudadera con capucha, la camiseta, la muñequera (azul), y el sombrero. Ya tenía el álbum recopilatorio que se había lanzado con motivo de la ruptura, pero el vendedor mencionó que la versión que estaban vendiendo venía con una exclusiva extra del lugar, así que no dudé en llevármelo. Más tarde, varias horas después, las puertas se abrieron, y entramos. Fui al baño varias veces para asegurarme de que mi maquillaje todavía estuviera bien (no es que hubiera nadie mirando). Había cinco pancartas en el vestíbulo: roja para Akihito, azul para Masaki, amarilla para Mifuyu, verde para Sena y morada para Mina, y se permitían las fotos, así que aquí está la mía. ¿Distinguen sus autógrafos en la parte inferior?

De todos modos, volviendo al tema, no necesito decirles que mi oshi estaba perfecto. Allí se encontraba él, vivo, respirando, apareciendo en el escenario, el segundo desde la izquierda, con un traje azul brillante de lentejuelas. Parecía un ángel. Lo seguía con la ayuda de unos binoculares de ópera, así que él era todo lo que podía ver: era mi mundo. Sus mejillas estaban empapadas de sudor, y las tenía tensas y miraba hacia adelante con su gesto afilado; y su cabello se movía, revelando sus sienes, y en ese momento supe que estaba vivo. Mi oshi estaba allí. Observé su sonrisa, que puede parecer un poco mezquina debido a la forma en que el lado derecho de su boca se eleva más que el izquierdo, y su parpadeo, que disminuye enormemente cada vez que está en el escenario, y su veloz juego de pies que parece desafiar la gravedad por completo, y sentí una fiebre que recorría el tuétano de mis huesos. Sabía que era el fin.

Eran las 3:17 de la mañana. Una sensación escalofriante como la de un trueno resonando en una cueva marina recorrió mi cuerpo y me pinchó el estómago, convirtiéndose en un dolor similar al espasmo que viene cuando se siente hambre. La foto en primer plano de mi oshi que había traído conmigo cuando me mudé, se veía pálida en la oscuridad y, extrañamente, sus facciones me parecían desconocidas. Por primera vez, tuve la sensación de que mi oshi, como estaba actualmente, ya no se encontraba allí, y me parecía que todas las fotos eran en cierto modo retratos de muertos. Una vez, hace mucho tiempo, cuando fuimos a visitar a unos parientes en Kyushu, me dio diarrea a causa de una mandarina que comí del altar familiar. La habitación estaba cubierta con esteras de tatami nuevas que olían a crudo, y cuando mordí el gajo de mandarina que mi tía había pelado para mí, la piel blanca se resistía mientras el jugo del interior goteaba por mi garganta, haciéndome sentir enferma. Tal vez, por haber estado tanto tiempo como ofrenda en el altar, había perdido toda su acidez; sólo con la dulzura restante, el sabor parecía plano y soso, y me pregunté por qué se molestaban en ponerla en el altar para comérsela después. «En cualquier caso, ¿cuál es el sentido de las ofrendas?», pregunté yo. No recuerdo lo que respondió mi tía, y creo que fue sólo después de comprar el pastel de cumpleaños de mi oshi cuando tuvo sentido para mí. Mordisqueé la cara de mi oshi en la lámina de chocolate que estaba en el centro de la crema batida como si estuviera comiendo algo que ya había sido colocado en un altar. El significado estaba en la compra y el sacrificio, y cuando llegaba el momento de comerlo, se convertía en un regalo.

Resultó que mi grabación secreta no había capturado nada, salvo el ruido de la multitud. El ruido de los pasos y los chillidos lo oscurecían todo, a excepción de fragmentos de cantos y música tenue. Casi deseaba que me hubieran atrapado. No sentía que nada de esto fuera el fin. Desde ese día, he estado dando vueltas sin rumbo fijo, como un fantasma que es incapaz de seguir adelante. La oscuridad era tibia y olía a podredumbre. Me levanté a buscar un poco de agua. El constante tintineo metálico del refrigerador sonaba mucho más fuerte de lo habitual, lo cual intensificaba el silencio. Desbloqueé mi teléfono. La luz blanca de la pantalla que me iluminaba el rostro desde abajo era intensa, pero la noche que invadía el pasillo a través del jardín era más potente. Con el objeto de hacer retroceder el límite entre la oscuridad y la luz, encendí la televisión. Puse el DVD, que había dejado en el reproductor, salté al minuto 0:52:27, donde mi oshi interpretaba un solo. La imagen se detuvo en un instante en el que mi oshi miraba hacia abajo, con el micrófono en una mano y extendiendo su otro brazo. Los músculos de sus piernas, sólidamente en pie sobre el escenario a través de la niebla blanca, se estiraban hacia su centro. *Él nunca se encoge*, pensé, y lo anoté para el blog. Incluso a través de sus movimientos fluidos, mantiene una tensión dentro de sí mismo. El adorno de plumas de su cuello se levantó, y me di cuenta por el reflejo cambiante de su borde de plata empolvado que su pecho se movía hacia arriba y hacia abajo mínimamente. La verdadera quietud requería un flujo continuo de respiración y de atención dirigida hacia el centro de uno mismo.

Era de mañana cuando terminé de ver el DVD. Reconocí que había amanecido no por la luz, sino por una extraña sensación flotante en mi cuerpo, que creí haber dejado sumergido en la oscuridad. Pensé en cómo el cuerpo de una persona que se ahoga llega un momento en el que vuelve a flotar. Inicié mi computadora portátil, que había dejado abierta, y borré la última línea «Sabía que era el fin».

En su lugar, escribí «No podía creer que fuera el fin», y luego, letra por letra, también eliminé eso.

Cuando me atascaba sin saber que escribir, salía a caminar. Salí llevando únicamente un pequeño bolso, y el color azul del cielo despejado hizo que el reverso de mis párpados titilara. Escuchando una balada de mi oshi en mis audífonos, me encontré en la estación. Sentí que su música me llevaría a cualquier parte. Un tren que pasaba lo cubrió todo a un volumen abrumador, y las puntas de mis zapatos deportivos azules se engancharon en el pavimento podotáctil y me hicieron tropezar. Mecida por el tren casi vacío, miré las fotos de mi oshi, escuché sus canciones, y vi clips de sus entrevistas. El oshi que estaba allí pertenecía al pasado.

Cambié varias veces de tren y llegué a su estación. Había un autobús que iba en la dirección correcta. Tal vez se tratara de la conducción brusca, o simplemente de mi estado físico, pero las vibraciones del autobús sacudieron mi estómago vacío y me sentí mal con sólo mirar los asientos azules, así que apoyé mi cuerpo contra una ventana. El vehículo serpenteaba por el distrito comercial y entre hoteles de negocios. Mis ojos miraban por la ventana y no perdían detalle de los buzones rojos, de las bicicletas estacionadas en montones enredados y de los árboles a lo largo del camino que tenían una tonalidad verde oscura y que parecían cansados de estar expuestos al sol. Sentía los ojos inquietos y cerré mis párpados sobre ellos. Noté varios impactos como si me estuvieran golpeando las mejillas con el temblor del vidrio de la ventana, y en uno de ellos, mis párpados se abrieron y contemplé el cielo, que ahora era de un azul más brillante. Parecía estar aterrizando en la parte posterior de mis ojos.

«Última parada, por favor. Es hora de bajarse del autobús», anunció la monótona voz del conductor, y busqué mi pase en mi riñonera. Cuando saqué mi billetera, el alfiler de un broche que se había desenganchado me rozó el dorso de la mano. El conductor dijo: «Dese prisa, por favor», como si se estuviera dirigiendo al espacio que se extendía en el autobús vacío, y no a mí. Expulsada del autobús, presioné con fuerza mis piernas temblorosas para evitar desplomarme. Me vinieron a la memoria las patas hechas con palillos de los animales de pepino y berenjena que se ofrecían a los antepasados durante el mes de agosto.[12]

Una vez que el autobús se fue, sentí de repente como si me hubieran abandonado en el barrio residencial. Me senté en un banco descolorido que alguna vez debió haber sido azul, y levantando mi mano izquierda para tapar el resplandor, acerqué la imagen en la aplicación

---

[12] El Obon (お盆) es una festividad que honra a los espíritus de los antepasados fallecidos y que tiene lugar del 13 al 16 de agosto en Japón.

del mapa y verifiqué la ubicación. Me puse de pie. Me desplacé hacia una tapa abierta del alcantarillado y escuché el sonido del agua correr. Pasé por otra y percibí la corriente de nuevo. El agua pasaba por debajo de la ciudad. Me llegó el crujido de las contraventanas al abrirse y vi plantas de interior muertas en la ventana de la casa. Un gato miró en mi dirección desde la parte baja de un automóvil blanco, con la cabeza gacha. Seguí caminando y las calles se hicieron más estrechas. Había pasos laterales y callejones sin salida que no había notado cuando revisé mi teléfono. Pensé que podría haber un camino que no estuviera en el mapa, así que me abrí paso entre los coches que salían de los garajes, pisoteé la maleza de los descampados, e irrumpí en el aparcamiento de bicicletas de un bloque de apartamentos, y entonces llegué a un espacio abierto.

Me encontraba a orillas de un río. Una barandilla oxidada se extendía a lo largo de él en la distancia. Caminé un rato hasta que sentí que mi teléfono vibraba para decirme que había llegado a mi destino. La barandilla terminaba y reparé en un edificio de apartamentos al otro lado del río.

Era un edificio normal. No lograba distinguir su nombre, pero sin duda era el mismo que habían publicado en internet. Había llegado hasta aquí sin ningún plan, así que me quedé parada y lo contemplé durante un tiempo. Realmente no es que quisiera verlo a él.

De repente, alguien descorrió las cortinas de la ventana de la habitación en la parte superior derecha y la puerta del balcón se abrió con un chirrido. Una mujer de melena corta salió tambaleándose y llevando una carga de ropa, la apoyó contra el pasamanos y suspiró. Nuestros ojos casi se encontraron y miré hacia otro lado. Seguí caminando, actuando como si estuviera pasando por allí, andando cada vez más rápido hasta que comencé a correr. No sabía qué apartamento era el suyo y no me importaba quién fuera la mujer. No habría supuesto ninguna diferencia si él no viviese en ese edificio de apartamentos en cualquier caso.

Lo que sin duda le había dolido a la mujer era la carga de ropa en sus brazos. Una camisa o un simple par de calcetines podían hablar más sobre la existencia real de una persona que todas las carpetas, fotografías y CDs en mi habitación, que tanto me había esforzado por reunir. Me encontré con el hecho de que había alguien allí que seguiría siendo testigo de mi oshi en tiempo real, incluso ahora que se había ido.

No podía continuar siguiéndolo. Ahora que ya no era un ídolo, ya no podía seguir observándolo, tratando de comprenderlo. Mi oshi se había convertido en un hombre.

Todavía le estaba dando vueltas a la pregunta de por qué había golpeado a alguien. No había desaparecido de mi mente en todo este tiempo, pero sabía que no encontraría la respuesta mirando desde afuera de este apartamento. Era imposible saberlo. Su afilada mirada en ese momento no sólo se la había dirigido a los medios. Era una mirada que dejaba de manifiesto que eran ellos dos contra el resto del mundo.

Corrí y corrí, hasta que llegué a un cementerio. Las lápidas descansaban tranquilamente bajo el sol. El cobertizo que me encontré en el camino tenía un grifo y junto a él había escobas, cubos y cucharones. Las flores del ofertorio estaban esparcidas, cortadas por los tallos. Las flores olían a heridas abiertas. Me recordó el olor a escaras que conocía del lecho de enferma de mi abuela. De repente, recordé el día en que fue incinerada. Un cuerpo, en llamas. Carne quemada y convertida en hueso. Cuando mi abuela hizo que mamá se quedara en Japón, mamá le decía que se lo merecía. Mamá había crecido escuchando a mi abuela decir que ella no era hija suya. Mamá lloraba y respondía: «Ahora quieres que me quede y sea tu hija». Consecuencias. Tus propias acciones regresan a ti. Había creído que mi propósito en la vida era dedicarme a mi oshi, dar mi carne por los huesos. Así era como quería vivir. Pero ahora, ahora que yo estaba muerta, me sentía incapaz de recoger mis propios huesos de las cenizas.

Me perdí una y otra vez, subí al autobús equivocado y casi extravío el pase. Cuando arribé a mi estación eran las dos. Llegué a casa. Todo lo que me recibió allí era la cruda realidad: ropa tirada donde yo la había tirado, cintas para el pelo, cargadores, bolsas de plástico, cajas de pañuelos vacías, un bolso boca abajo. ¿Por qué no podía vivir normalmente? ¿Conseguir hacer lo mínimo necesario para ser humana? Nunca quise romper cosas, ni hacer un desastre con ellas. Intenté vivir, pero todo seguía acumulándose como los desechos de mi propio cuerpo. Intenté vivir y mi casa se derrumbó a mi alrededor.

Desconocía la verdad de por qué mi oshi había agredido a otra persona, por qué había intentado destruir con sus propias manos algo que él valoraba. Nunca lo sabría. Pero en algún lugar, a un nivel más profundo, me sentí conectada con eso. Ese momento —cuando él se olvidó de la mirada del público, desató el poder que había estado reteniendo en sus ojos y trató, por primera vez, de romper algo— recorrió mi cuerpo. Había vivido bajo la sombra de mi oshi durante tanto tiempo, siempre cargando el doble de aliento, el calor corporal, los impulsos. Vi al niño de doce años llorando con su sombra mordida por un perro. Me había sentido agobiada por el peso de la carne de mi cuerpo desde que nací. Ahora, quería hacer caso a su temblor y destruirme. Quería hacerlo yo misma, en lugar de dejar que me sucediera. Mi mirada recorrió la mesa. Se posó en un bote de bastoncillos de algodón. Lo agarré y alcé mi brazo. La tensión en mi abdomen subió por mi columna e inhalé. Mi visión se amplió y se volvió del color de la carne. Bajé mi brazo. Lo lancé hacia abajo con todas mis fuerzas, como si estuviera golpeando toda la ira y el arrepentimiento que había reprimido por la persona que había sido.

El bote de plástico hizo un ruido al rodar. Los bastoncillos de algodón se desparramaron por el suelo.

★

Los cuervos graznaban. Miré alrededor de la habitación durante algún tiempo. Cada rincón estaba expuesto a la luz que entraba desde la terraza y a través de la ventana. Me di cuenta de que lo había logrado: no sólo el centro, sino todo. Los huesos y la carne, todo era yo. Hice memoria del instante anterior a lanzar mi puño. El vaso sucio, el cuenco todavía lleno de caldo, el control del televisor. Puse mi vista sobre ellos y elegí los bastoncillos de algodón, que eran los más fáciles de limpiar. La risa subió dentro de mí como una burbuja, luego rompió con un estallido.

Empecé a levantar los bastoncillos de algodón. De rodillas, cabeza abajo, con tanto cuidado como si se tratara de los huesos de las cenizas de alguien, junté todos los que había tirado al suelo. Una vez que los hubiera reunido todos, todavía tendría que limpiar y tirar las viejas bolas de arroz mohosas y las botellas vacías de Coca-Cola, pero ahora podía ver el largo, largo camino que tenía por delante.

Arrastrándome sobre mis manos y mis rodillas, supe que había encontrado una manera de seguir viviendo.

Intentar erguirme sobre mis propios pies no había funcionado, pero podía seguir así por ahora. Sentía la pesadez de mi cuerpo. Recogí un bastoncillo de algodón.

EPÍLOGO

Un ídolo arde. No quiero decir que una celebridad se envuelva físicamente en llamas. Me refiero a alguien que, bajo la mirada pública, cometa un delito o haga un comentario inapropiado y se convierta en el blanco de todas las críticas y sea escudriñado desde todos los ángulos posibles, y, como resultado de ello, pierda su poder de influencia. ¿Cuándo comenzamos a usar las palabras *«enjō suru»* y *«moeru»* para estos casos? ¿Y hay palabras que se correspondan a éstas en otros idiomas? En japonés, *«enjō suru»* y *«moeru»* se refieren fundamentalmente a fenómenos similares, pero hoy en día se usan de maneras ligeramente diferentes. Existe una razón por la cual usé el verbo *«moeru»* y no *«enjō suru»* al comienzo de esta historia: «Mi ídolo estaba *en* llamas», en lugar de «Mi ídolo estaba en el punto de mira». Mientras que *«enjō suru»* se usa casi únicamente con relación a escándalos de celebridades, *«moeru»* se usa también de forma habitual para designar objetos que arden. En la frase de apertura de la novela elegí usar *«moeru»* de modo que, además del significado correcto de que el oshi está involucrado en un escándalo, también hay una acepción del sentido literal de algo que se quema. De esta forma, la crueldad de la palabra —empleada para describir la imagen del cuerpo de un ídolo que prende y estalla en llamas— es inmediata para el lector. Sí, arder es cruel. Las críticas pueden ser acertadas o equivocadas, según el caso, pero una persona que se quema siempre es algo atroz. Digo que las críticas pueden ser acertadas o equivocadas porque en ocasiones la crítica está justificada. Los políticos que emiten un comentario discriminatorio, por ejemplo, deberían ser debidamente criticados. Si no se enfrentaran a las consecuencias de sus acciones, quedaría la posibilidad de que hubiera más gente que sufriera por ello. Pero, dicho esto, incluso los políticos tienen vida privada y familiar. Por ejemplo, el hijo de un político que se matriculó en mi escuela. Tan pronto como entró, fue objeto de burlas y acoso por tener el mismo apellido que el político. Escuché a estudiantes de su clase regodearse de esto, y fue algo que me provocó un profundo disgusto. Me enfadé con ellos. El chico no había hecho nada malo, pero en ese momento, los ataques contra el político se hicieron tan intensos y tan personales, que provocó que algunos estudiantes de secundaria estúpidos e ignorantes creyeran que estaba bien intimidarlo. Los comentarios de la gente en internet convirtieron a su padre en un hazmerreír, aunque esto ocurrió muchos años atrás, de modo que, si se hablara de él en las redes sociales en este momento, no creo que provocara una gran respuesta. Por supuesto, en el caso de las difamaciones infundadas, pero también en los casos en que la persona pierde su posición porque la crítica está justificada, las llamas consumen a ambos, a la persona en cuestión y a sus familiares sin ninguna culpa en el asunto. Por eso creo que todo lo que signifique quemar a una persona es cruel, ya sea que la crítica esté o no justificada.

Esta novela es la historia de una chica que apoya a un ídolo que se prende en llamas después de golpear a una de sus fans. No está claro por qué lo hizo, ni si es buena persona. Tampoco está claro que la crítica dirigida a él sea precisa o no. Nuestra protagonista nunca lo averigua. Por supuesto, un fan no está en condiciones de conocer estas cuestiones, pero Akari sufre por el escándalo de su ídolo, el cual no entiende del todo. Al haber convertido a su ídolo en el propósito de su vida y en su apoyo emocional, ella también es consumida por la crueldad del incendio.

A veces, aquello de lo que tu vida depende se ve sometido de pronto a un tipo de calamidad desconcertante y cruel. ¿Qué puede hacer uno cuando eso sucede? ¿Cuando lo único en lo que crees, lo único que te ayuda a sobrevivir, se pierde? ¿Qué piensas al respecto y qué haces? Estoy agradecida de que este libro sea traducido al español y conceda la oportunidad de que lo lea gente con quien sería imposible que pudiera hablar. Espero que haya algo en él que te hable a ti.

AGRADECIMIENTOS

Para mi hermano...

Me inspiré en la experiencia de ayudarte a estudiar inglés para la escena de la historia en la que se habla de la ese de «tercera persona». La habrás reconocido, por supuesto, sin necesidad de que yo te lo diga (aunque nuestra familia no se parezca en nada a la familia de esta novela, y yo haya sido una hermana mucho más mojigata que la tierna Hikari). Tú parecías haber nacido como un mocoso que nunca encontraba la motivación para estudiar. Tuviste dificultades con los kanjis, y te recuerdo sentado frente a las fichas de ejercicios, limpiándote la nariz con la palma de la mano, reclamando que te impedía finalizar tu tarea, y siendo regañado por ello. Siempre me preguntaba por qué no lo hacías. En aquel entonces, nadie —ni siquiera tú mismo—, entendía nada acerca de las personas que tenían problemas de aprendizaje con los kanjis o simplemente para realizar las cosas de la manera en que la mayoría de la gente las hace. En la escuela primaria me preocupaba por ti, y a menudo intentaba vigilarte en el pasillo. Una de esas veces, vi dibujos pegados de diferentes árboles imaginarios en la pared que estaba frente a tu clase. Tus compañeros habían pintado elaborados dibujos de árboles con lazos, de árboles con manzanas arcoíris o de árboles cargados con manzanas rojas. Entre éstos había una imagen que tenía, a diferencia del resto, tu nombre en él. Con el título de «RINNE» (como reencarnación), tu dibujo parecía haber estado influenciado por *Buda* de Osamu Tezuka, pero también recordaba «La noche estrellada» de Van Gogh, aunque, claro está, vistos ambos a través de los ojos de un niño: un oscuro y nudoso árbol que se alzaba en el interior de una fangosa atmósfera ocre que parecía augurar una tormenta, rodeada de remolinos de color verde, marrón y rojo oscuro. Al haber pensado hasta ese momento en ti tan sólo como un niño descuidado, tuve entonces la sensación de haber entrado en contacto con algo insondable que se hallaba dentro de ti.

Pero incluso después de eso, no hice el intento de apreciarte. Al menos no caí en el hábito de criticarte, pero hubo un día en el que, al igual que la hermana mayor de esta historia, te dije: «No tienes que intentarlo. Simplemente deja de *fingir* que lo estás intentando». El tiempo pasó y olvidé que alguna vez dije tal cosa. Mientras me enfrentaba a mis propias dificultades, y tú a las tuyas, tal vez se convirtió en el menor de nuestros problemas. Con el tiempo, al fin adquirí una nueva perspectiva y comencé a defenderte, como para compensar mi comportamiento del pasado.

Mucho tiempo después, cursé una clase de psicología en la universidad en la que tuve que escribir おはようご

ざいます en escritura especular. Escribir del revés requería más tiempo que la escritura normal.

Las letras no salían tan pulcramente y, sobre todo, era una labor que requería mucho esfuerzo. Imaginé lo que supondría dedicar un esfuerzo extra todo el tiempo, como si estuvieras escribiendo al revés cuando todo el mundo a tu alrededor lo hacía normalmente. Y todo ese esfuerzo para que luego, al mostrarle a alguien aquello en lo que tanto habías trabajado para lograrlo con tu mano inestable, lo dieran por sentado y te dijeran: «sabía que podrías lograrlo si lo intentabas». Tener que escribir al revés toda tu vida, sin que nadie lo apreciara: tal vez ésta fue tu experiencia del mundo. Sé que te debo una disculpa. En nombre de los personajes que se interpusieron en el camino de Akari, y para compensar el daño que no puede ser enmendado.

Al no ser un lector de novelas, probablemente nunca leerás este libro o esta nota para la edición traducida, pero cuando supiste que yo quería ser escritora, pasaste por una librería y elegiste un libro que había quedado finalista para el Premio Akutagawa y me lo regalaste. Leí atentamente cada línea y lloré. Aquel libro no terminó ganando, pero unos años más tarde, me convertí en escritora de libros publicados y gané el Akutagawa con esta novela. Convertirme en escritora me otorgó un modo de vida. Tú fuiste transferido a una escuela diferente y desarrollaste tu propia forma de aprendizaje, diferente del sistema japonés convencional, y ahora eres el primero de tu clase y sacas las máximas notas en tus exámenes. De ir a paso de tortuga, te abriste paso a una nueva vida. No tienes que obligarte a hacer lo que no puedes hacer. No hay nada equivocado en ti ni en Akari. Eran las cosas que te invalidaban —la sociedad, las instituciones, yo aquel día— las que estaban mal. Tu mundo, que fue sofocado por nuestro sistema educativo, sigue siendo, a pesar de ello, tan vivaz como aquellos árboles que vi en el pasillo de nuestro colegio. Que la felicidad sea tuya, hermano. Y que la luz brille, tanto para tu yo de aquel entonces, como para tu yo del futuro.

Esta obra se imprimió y encuadernó
en el mes de mayo de 2023, en los talleres
de Impregráfica Digital, S.A. de C.V.
Av. Coyoacán 100-D, Col. Del Valle Norte,
C.P. 03103, Benito Juárez, Ciudad de México.